Andrea Schacht

Schiffbruch und Glücksfall

atb aufbau taschenbuch

ANDREA SCHACHT lebt als freie Autorin in der Nähe von Bonn. Mit ihrer historischen Romanserie über die Begine Almut hat sie sich in die Herzen von Hunderttausenden von Leser geschrieben. Auch ihre Romane über Katzen wurden zu Bestsellern. Als Aufbau Taschenbuch liegen von ihr u. a. *Hexenkatze*, *Zauberkatze*, *Die Katze mit den goldenen Augen*, *Der Tag mit Tiger*, *Auf Tigers Spuren*, *Tigers Wanderung* sowie *Die keltische Schwester* vor. Bei Rütten & Loening erschien zuletzt von ihr *Die Herrin des Labyrinths*.

Kelda ist über sich selbst erbost – wie konnte sie sich nur auf einen Urlaub mit diesem Hohlkopf Matt einlassen? Doch statt die Bretagne so schnell wie möglich zu verlassen, bleibt sie ihrer Freundin Marie-Claude zuliebe dort. Mit der Ruhe, die sie sich gönnen will, wird es allerdings nichts. Nicht nur, dass sie unfreiwillig eine Nacht im Keller ihres Ferienhauses verbringen muss – neben einem leibhaftigen Skelett. Zu allem Überfluss taucht auch ihre Jugendliebe Simon auf, der in der Bretagne alte Häuser restauriert. Mit ihm – und der Katze Soquette – macht Kelda sich auf, das Geheimnis des Toten in ihrem Ferienhaus zu lüften – und gerät tief in die Geheimnisse der Bretagne.

ANDREA SCHACHT

Schiffbruch und Glücksfall

EIN BRETAGNE-ROMAN

atb aufbau taschenbuch

FSC
www.fsc.org
MIX
Papier aus verantwortungsvollen Quellen
FSC® C083411

ISBN 978-3-7466-2982-7

Aufbau Taschenbuch ist eine Marke
der Aufbau Verlag GmbH & Co. KG

1. Auflage 2014

Die Originalausgabe erschien 2012 bei Rütten & Loening,
einer Marke der Aufbau Verlag GmbH & Co, KG
Umschlaggestaltung Mediabureau Di Stefano, Berlin
unter Verwendung eines Motivs
von Frank von Groen/getty images
Druck und Binden CPI – Clausen & Bosse, Leck
Printed in Germany

www.aufbau-verlag.de

Dramatis Personae:

Kelda – Dolmetscherin, die einen Traummann verliert und einen Traum gewinnt.

Marie-Claude – die die Crêperie *Marée bleue* an der *Côte des Naufrages* (Finistère) führt.

Paulette – Marie-Claudes Mutter, die ihr zur Hand geht.

Simon Johannsen – Architekt, der sich auf Altbausanierung versteht.

Yves Kerjean – Antiquitätenhändler, der einen Freiluft-Handel führt und allerlei Schätze hortet.

Matt – ein Surfer, der Schiffbruch erleidet.

Xavier – ein alter Kauz, der seltsame Dinge weiß.

Vier alte Veteranen – Stammgäste im *Marée bleue.*

Soquette – rote Katze mit weißen Pfoten, die sieht, was andere nicht sehen, und sich leider dabei wie ein Elefant im Porzellanladen benimmt.

Gwenaëlle – Korrigane, die das Bistro für sich beansprucht und mit Soquette in ständiger Fehde liegt.

Einst:

Herri Trobiant – Goëmonier und Schmuggler, der 1912 bei einem Schiffbruch umkommt.

Lukaz – sein Sohn, der mit vierzehn den Schiffbruch überlebt, als Luc le Gamache bekannt wird.

Jeanne – Herris Witwe, die flugs Monsieur le Filou, Jerôme Bellard, heiratet.

Jerôme Bellard – ein Filou aus Paris, der krumme Immobiliengeschäfte getätigt hat.

Im Angesicht des Todes

Mit einem abgrundtiefen Seufzer ließ Kelda den Rucksack von den Schultern gleiten und warf die Reisetasche neben dem Bett auf den Boden.

Ein richtiges Bett, breit, mit einem geschnitzten Kopfteil, einer weichen – na gut, zu weichen – Matratze und einer weißen, mit blauen Fischen bedruckten Decke. Viel besser als die schmale Pritsche in Matts Wohnmobil. Auch das Badezimmer, wenngleich im Stil des frühen zwanzigsten Jahrhunderts eingerichtet, war jetzt ihr Eigen – um Welten besser als die naturbelassenen Sanitäreinrichtungen in der Düne.

Sie trat zum Fenster und blickte zum Meer hinaus.

Bretagne – genauer Finistère. Noch genauer Brignogan.

Noch einmal seufzte sie.

Glutrot versank die Sonne im Wasser – ein idyllischer Anblick, doch Kelda verursachte es noch immer ein Schaudern. Knapp, nur ganz knapp war sie vor einigen Stunden dem Tod durch Ertrinken entronnen. Die felsige Küste hier hieß nicht umsonst *Côte des Naufrages* – Küste der Schiffbrüche. Was Matt nicht als Warnung, sondern als Herausforderung betrachtet hatte. Er hatte sie zu einem Segelausflug überredet, besser gezwungen. Sicher war er ein geschickter Segler, Surfer und Kiteboarder, aber er war auch waghalsig und unbelehrbar.

Kurzum, das geliehene Boot geriet in eine der tückischen Strömungen vor den Felsen, kenterte, und nur durch die Hilfe eines beherzten Fischers wurden sie noch rechtzeitig aus dem Wasser gezogen, bevor sie die Brandung an den Felszacken zermalmte.

Matt lachte darüber.

Kelda nicht.

Er brüstete sich sogar damit vor der Surferclique, die sich unweigerlich um ihr Wohnmobil scharte, wo immer sie auftauchten.

Kelda packte währenddessen ihre Sachen zusammen und rief ihre Freundin Marie-Claude an, um ihr zu sagen, dass sie ihr Angebot annehmen würde und in das kleine Ferienhaus ziehen wollte. Weg von feuchten Handtüchern, nassen Neoprenanzügen, tropfenden Segeln, aufgewärmter Dosennahrung und lauwarmem Bier.

Weg von Matt.

Welche Konsequenz das nun haben würde, darüber wollte sie erst einmal nicht nachdenken.

Marie-Claude hatte sie abgeholt und zu diesem Häuschen am Ortsrand von Brignogan-Plage gebracht. Ein uraltes Gemäuer aus dem landestypischen grauen Stein, mit einem Schieferdach, auf dem sich allerlei gelbgrüne Flechten breitmachten. Die Tür und die Fensterläden waren dunkelblau gestrichen, doch blätterte die Farbe überall schon ab. Dafür aber rankte sich eine wunderschöne gelbe Rose üppig an den Mauern hoch und verströmte süßen Duft. Eine kleine Terrasse mit etwas morschen Planken belegt lud mit einem Grill und den obligatorischen weißen Plastikstühlen zum Verweilen ein, das Grundstück jedoch trotzte jeder gärtnerischen Verschönerung. Der Sandboden gab nichts als hartes Gras her.

Die Miete war erschwinglich, der Blick aus den kleinen Fenstern hinreißend.

Die Sonne war nun versunken und ließ einige Wolkenstreifen am Himmel aufglühen. Kelda wandte sich ab, holte sich einen Pullover aus der Tasche und ging die knarrenden Holzstiegen nach unten, wo sich der Wohnraum und eine altmodische Küche befanden. Marie-Claude war eine gute Freundin – und eine noch bessere Köchin. Sie hatte ihr einen Topf mit Suppe, Brot, Käse und eine Quiche in den Vorratsschrank gestellt. Eine Flasche Cidre stand ebenfalls bereit. Kelda richtete sich ihr Abendessen. Erst erwog sie, die Terrasse zu nutzen, aber vom Meer wehte ein kühler Wind heran, also setzte sie sich mit ihrem Mahl auf das breite Sofa vor dem Kamin, um es zu verzehren. Still war es hier, nur hin und wieder hörte man das Brummen eines Autos oder Motorrads auf der Küstenstraße, sonst blieben noch das Rauschen des Meeres und der Gesang eines unermüdlichen Abendvogels.

Kelda genoss die Ruhe. Sie war so ganz anders als auf dem Platz, wo das Wohnmobil stand. Das Meeresrauschen und der Vogelsang wurden leider dort von der Musik überdröhnt, zu der sich die Helden der Wellen lautstark mit ihren Taten brüsteten. Zumindest in Matts Umgebung war das immer so.

Es war dämmerig geworden, und aus der staubigen Deckenlampe sickerte sparsames Licht. Zum Lesen war es zu dunkel, ein Fernsehgerät gab es in diesem Haus nicht, und Radio mochte sie nicht hören. Also beschloss sie, sich auf dem plüschigen Sofa auszustrecken, um Ordnung in ihre Gedanken zu bringen. Sie nahm Teller und Bestecke, brachte sie in die Küche und goss sich noch einen Becher Cidre ein. Ihn stellte sie auf dem niedrigen Couchtisch ab und ließ sich schwungvoll auf das Sofa fallen.

Es gab einen Knacks, ein Knarren, ein empörtes Kreischen von Holz, und mit einem ungeheueren Krachen fuhr sie in die Tiefe.

Benommen schüttelte Kelda ihren Kopf. Das konnte nicht wahr sein, oder? Über ihr klaffte ein zackiges Loch, aus dem die Hälfte des roten Teppichs hing, auf dem das Sofa gestanden hatte. Die Deckenlampe schwankte leicht, und um sie herum tanzten Schatten. Vorsichtig fühlte sie in ihrem Körper nach. Tat etwas weh? Die linke Schulter schmerzte, die auf die Lehne geprallt war, das Steißbein ebenfalls, dessen Aufprall die marode Federung des Sofas nicht hatte dämpfen können, an ihrem Hinterkopf schien sich eine Beule zu entwickeln. Nichts aber blutete, und außer dass ihr Herz jagte und sie von dem aufgewirbelten Staub husten und niesen musste, war ihr nichts weiter passiert.

So weit, so gut.

Und jetzt?

Vorsichtig stand sie auf und besah das Trümmerfeld.

Dem Sofa ging es erheblich schlechter als ihr, stellte sie fest. Es hatte sich alle vier Beine gebrochen und lag wie ein gestrandetes Urtier auf dem festen, trockenen Steinboden. Zwei Meter waren sie beide hinabgestürzt. Nicht sehr tief, möchte man meinen, aber ohne Hilfsmittel kam sie nicht nach oben. Abgesehen davon schienen ihr die maroden Holzdielen, die den Boden bildeten, auch nicht vertrauenswürdig genug, daran ihre Klimmzüge versuchen zu wollen. Die Gefahr, dass der schwere Geschirrschrank bei einer solchen Übung ebenfalls über sie hereinbrechen würde, war ziemlich groß.

Aber aus einem Keller führte ja meist auch eine Treppe nach oben, vermutete Kelda. Also sollte sie sich nach einem Ausgang umschauen. Die Lampe oben hatte aufgehört zu pendeln und spendete ihr stetiges, wenn auch nicht eben helles Licht. Ihre Augen hatten sich inzwischen an das Halbdunkel gewöhnt, so dass sie ihr kleines Verlies genauer betrachten konnte. Ein rechteckiger Raum, die Wände an zwei Seiten aus dem Fels gehauen, die beiden anderen mit Mörtel verputzt – keine Tür, keine Treppe, kein Fenster. Nichts.

Das war seltsam. Ein Kellerraum ohne Zugang? Wozu sollte der gut sein?

Allerdings war an der Stelle, wo das Sofa gelandet war, der Putz von der Wand gebrochen. Sie zerrte an dem Möbel. Vielleicht war dahinter ein versteckter Ausgang. Man gab die Hoffnung ja nicht auf.

Einige Zentimeter hatte sie die Rückenlehne nach vorne bewegt, als weiterer Mörtel rieselte und einen Hohlraum freigab.

Kelda starrte drauf.

Der Bewohner starrte hohläugig zurück, und in dem trüben Lampenlicht entzückten zwei Goldzähne in seinem grausigen Grinsen, das er trotz des offensichtlichen Lochs in seiner Stirn beibehalten hatte.

L'Ankou, wie die Bretonen den Tod nannten, war in ihr Leben getreten.

Immerhin, das Skelett schien nicht neueren Datums zu sein, und vermutlich erklärte es die Tatsache, dass der Keller des Hauses nicht jedermann zugänglich war.

Kelda hatte sich inzwischen wieder soweit gefasst, dass sie konstruktive Überlegungen zu ihrer Situation anstellen konnte. Dieser Urlaub bot interessante Aspekte.

Ihre Uhr zeigte ihr, dass es auf Mitternacht zuging – mit einem leicht hysterischen Kichern verscheuchte sie den Gedanken an die Geisterstunde. Sie hatte ein reichliches Abendessen zu sich genommen, ein einigermaßen bequemes Sofa, um darauf zu liegen, etwas Beleuchtung und schweigsame Gesellschaft. Morgen um neun würde der Besitzer des Hauses vorbeikommen, um den Mietvertrag mit ihr abzuschließen. Das war der passende Zeitpunkt, um ihn – wenn nötig schreiend – um Hilfe zu bitten, beschloss sie. Jetzt wäre es nur Atemverschwendung und würde ihre Stimmbänder ramponieren.

Also setzte sie sich wieder auf das Sofa und tat das, was sie sich sowieso vorgenommen hatte: Sie dachte über ihre Situation – speziell ihr Liebesleben nach.

Angesichts des Todes – der Unbekannte hatte ein seltsam bannendes Grinsen – gestand sie sich ein, dass sie Schiffbruch erlitten hatte.

Kelda war zweiunddreißig, Matt ein Jahr jünger. Vor sechs Jahren hatte sie ihn kennengelernt – sie hatte gerade eine Stelle als Dolmetscherin für Französisch und Italienisch angenommen, Matt studierte noch. Sport, was sonst? Über seine Leidenschaft für das Surfen waren sie sich nähergekommen, und bei dieser Leidenschaft blieb es nicht. Daneben faszinierte sie auch seine Abenteuerlust, alleine hätte sie nie solche Reisen unternommen, nie solche Gestade kennengelernt, nie unter derart unmöglichen Bedingungen Urlaub gemacht wie mit ihm zusammen. Anfangs machte ihr diese Lagerfeuerromantik Spaß. Dann verlor es sich ein wenig, und als sie darum bat, endlich einmal mehr von einem Land zu erkunden als nur den Strand, stieß sie bei Matt auf Unverständnis. Nach langen Diskussionen hatten sie sich für diesen Sommerurlaub darauf geeinigt, einen zivilisierten Küstenabschnitt aufzusuchen, und Kelda hatte die *Côte des Naufrages* durchgesetzt, um mit der Reise einen Besuch bei ihrer Freundin Marie-Claude zu verbinden.

In ihrem Auslandsjahr, das sie während ihres Studiums in Nantes verbracht hatte, war Kelda ihr begegnet. Marie-Claude war ein paar Jahre älter und Köchin in einem Restaurant, aber sie freundeten sich an. Die Freundin weckte in ihr die Sehnsucht danach, die Bretagne besser kennenzulernen. Beide Frauen blieben über all die Jahre in Kontakt, und als Marie-Claude vor einigen Jahren zurück in ihren Heimatort zog, um das Resto ihrer Eltern zu übernehmen, sprach sie die Einladung aus, Kelda könne sie jederzeit besuchen.

Kelda und Matt waren auch gleich bei ihrem Eintreffen vor vier Tagen zu ihr gefahren, und sie beide hatten ein glückliches Wiedersehen gefeiert. Marie-Claude war inzwischen mit dem Kapitän eines großen Frachters verheiratet, der nur alle zwei Monate nach Hause kam, aber das schien ihr nichts auszumachen. Ihr Vater war verstorben, ihre Mutter Paulette zu ihrer Schwester nach Brignogan gezogen, half aber wenn nötig noch immer in der Crêperie mit aus. Das Restaurant lag ganz in der Nähe eines bretonischen Museumsdorfes Meneham, ein pittoreskes Feldsteinhaus mit allerlei Anbauten und einer wunderschönen Terrasse, auf der die Gäste einen herrlichen Blick über den Strand mit seinen bizarren Felsen und dem weißen Leuchtturm hatten.

Marie-Claude musste irgendwas an Keldas Schilderung des Wohnmobils und des nicht ganz legalen Stellplatzes in den Dünen gespürt haben, sie brachte ziemlich schnell das Gespräch auf das kleine Ferienhaus von Yves Kerjean, das noch immer leer stand und zu dem sie den Schlüssel verwaltete, sollte einer ihrer Gäste den Wunsch äußern, es zu mieten.

Daran hatte Kelda sich erinnert, als sie mit weichen Knien nach dem fatalen Segeltörn zum Wohnmobil schwankte. Bezogen auf ihre jetzige Lage wäre das Gefährt allerdings doch etwas gemütlicher.

Nicht jedoch in Bezug auf die Gesellschaft.

L'Ankou verschonte sie wenigstens mit dem Gerede über fantastische sportliche Leistungen, die bei Matt mit zunehmendem Cidre- oder Bierkonsum immer großartiger wurden, bis man glauben musste, dass er auf dem Kamm eines Tsunami surfen konnte. Mit ihrem jetzigen Begleiter brauchte Kelda auch nicht darüber zu streiten, dass es für einen Mann über dreißig vielleicht doch allmählich Zeit wurde, das Studium zu beenden. Matt fand nämlich immer wieder neue Ausreden, noch ein Semester zu verschlampern, noch einen weiteren Job als Sportanimateur anzunehmen, noch ein paar Wochen irgendwo in einem Surfparadies zu verbringen.

Ihr Unmut darüber war schon seit geraumer Zeit mehr und mehr gewachsen, aber Matt konnte leider überaus charmant und überzeugend sein, und so hatte sie ihm für diesen Urlaub noch mal eine Chance gegeben.

Matt hatte sie verspielt.

Wenn man sie morgen früh aus diesem Keller befreit hatte, würde sie sich ein Bahnticket kaufen und nach Hause fahren.

Mit diesem Gedanken schlief Kelda unter dem hohläugigen Blick von Monsieur L'Ankou ein und träumte vom Schiffbruch.

Unerwartetes Wiedersehen

»Okay, okay, ich komme mit.«

Simon warf einen Blick auf die aufgeschlagene Mauer, hinter der sich eine der sanierungsbedürftigen Wasserleitungen befand. Der Installateur, der sich darum kümmern sollte, hatte ihn im Stich gelassen. Ärgerlich. Dafür stand der Dachdecker vor der Tür, für den es derzeit aber nichts zu tun gab. Und dann wollte Yves auch noch, dass er sich um das Ferienhaus kümmerte, für das er gegen alle Erwartungen noch einen Mieter gefunden hatte.

Er gab den Handwerkern ein paar Anweisungen und stieg in seinen Wagen, dessen dunkelgrauer Lack unter einer Schicht aus Salz, Sand und Baustellenstaub fast verschwand. Solche Äußerlichkeiten hingegen kümmerten ihn wenig. Während er auf die Landstraße Richtung Kerlouan fuhr, rief er den Glaser an, wimmelte den Verwalter der Villa ab, gab seiner Sekretärin in Saint Pol Daten für ein neues Angebot durch, und als sein Blick auf die zigeunerhafte Ansammlung von Zelten, einem Wohnmobil, Surfbrettern und bunten Handtüchern fiel, knurrte er unwillig darüber, dass diese Gestalten in dem Naturschutzgebiet campten.

Als gäbe es nicht genug Campingplätze an der Küste.

Aber darum sollte sich die Municipal kümmern.

Der rote Doppeldeckerbus kam in Sicht, er hielt dahinter, und schon eilte Yves aus seinem eigenwilligen Heim. Er war einen Kopf kleiner als Simon, sichtlich der guten Küche zugeneigt, wenngleich er den Eindruck machte, als ob er die damit verbundenen Kalorien in schiere Muskelmasse umzusetzen pflegte. Er war braun gebrannt, eher gegerbt, und eine flache Schirmmütze saß schief auf seinen grauen Locken.

Simon war ihm aus vielerlei Gründen dankbar, weshalb er bei den seltenen Bitten, die Yves äußerte, sofort bereit war, ihm zu helfen.

»Hat es Beschwerden gegeben?«, fragte er, als Yves in den Offroader kletterte.

»Nein, ich will nur den Mietvertrag abschließen und sehen, ob alles in Ordnung ist.«

»Das Dach haben wir doch im Mai repariert.«

»Ja, aber die letzten Mieter haben gesagt, die Fenster seien undicht.«

»Hättest du mir schon früher Bescheid sagen können.«

»Hab nicht dran gedacht.«

Yves, Herr über einen großen Freiluft-Flohmarkt, Globetrotter und Busbewohner, kümmerte sich wenig um sein Eigentum, das alte Fischerhaus am Rande von Brignogan. Und schon gar nicht wünschte er, selbst darin zu wohnen. Hin und wieder fand er Mieter dafür, dann aber packte ihn das Verantwortungsgefühl – oder so eine Art von Gastfreundschaft, und er kümmerte sich um den Bau.

Es war nicht weit, nach wenigen Minuten bogen sie auf den sandigen Abstellplatz vor dem Haus ein und stiegen aus.

Yves klopfte an der Holztür und murmelte etwas von einem neuen Anstrich.

»In der Tat, den könnte das ganze Holzwerk vertragen.«

»Mhm. Keiner da?«

Er klopfte noch mal.

»*M'aidez!*«, rief eine Frauenstimme irgendwo drinnen im Haus. »*M'aidez!*«

»Mist, da ist was passiert!«, sagte Yves und fummelte

den Schlüssel aus der Tasche. Mit einem unwilligen Knarren sprang sie auf.

Simon folgte ihm, und als er die Tür zu dem Salon öffnete, hielt er die Luft an.

Ein riesiges Loch klaffte vor dem Kamin, der rote Teppich war halb hineingerutscht, und eine schwere Geschirrvitrine lehnte schief an einer Zimmerecke.

Yves keuchte mit entsetzter Stimme: »*Mon Dieu!*«

»Hier unten, Monsieur. Vorsicht, die Dielen sind morsch.«

»Was nicht zu übersehen ist. Mann, Yves, was für Bruchbuden bietest du den Gästen eigentlich als Ferienhaus an? Die Dame kann mit gutem Recht auf Mietminderung klagen.«

»Ich werde ihr Schadensersatz zahlen. Madame, sind Sie verletzt?«

»Ein bisschen angeschlagen, aber Ihr Sofa braucht einen Notarzt. Für den anderen Mitbewohner hier unten kommt allerdings jede Hilfe zu spät.«

»Mitbewohner! Um Himmels willen! Simon, ruf die Ambulanz.«

»Nicht nötig, Messieurs, er ist bereits skelettiert.«

Eine unerschrockene Frau, da unten, dachte Simon und konnte sich ein trockenes Lachen nicht verkneifen.

»Yves, wir brauchen eine Leiter.«

»Im Schuppen. Ich hole sie. Madame, Rettung naht.«

Simon sah sich um. Die Mieterin hatte Glück im Unglück gehabt. Wenn der Schrank mit nach unten gekippt wäre, hätte sie schwer verletzt werden können.

Es rieselte weiter Mörtel und Holzsplitter, als sie beide die Leiter nach unten ließen. Eine staubige, zerzauste Gestalt in einem blauen Pullover und weiten Yogahosen erklomm sie, und als sie das Loch im Boden betrachtete, erschauderte sie sichtlich.

Simon fasste sie am Ellenbogen und führte sie von der Absturzstelle weg in die Küche. Dort stand auf dem Tisch eine angebrochene Flasche Cidre. Er goss ihr einen Becher voll ein und reichte ihn ihr.

»Trinken Sie! Sie sind ganz blass um die Nase.«

Die Frau nippte daran mit kleinen Schlucken, was ihr offensichtlich half, ihre Fassung wiederzufinden.

»Sie sind der Vermieter?«, fragte sie ihn.

»Nein, ich bin Architekt.«

»Ich hoffe, nicht von diesem Haus.«

Er grinste.

»Gewiss nicht. Yves – er ist der Vermieter, der jetzt da unten herumkraucht – wollte, dass ich mir das Haus auf mögliche Schäden ansehe. Ich mache Altbausanierungen.«

»Kleinere Schäden ist gut«, entfuhr es ihr. »Das Haus hier gehört abgerissen und nicht saniert.«

»Wahrscheinlich. Aber beides kostet Geld.«

»Und Geld hat der Vermieter nicht, denn die Mieter zahlen nichts.«

Es polterte nebenan, dann kam auch Yves in die Küche. Spinnweben hingen von seiner Mütze herunter.

»Madame, mir fehlen die Worte«, sagte er und hob entschuldigend die Hände. »Yves Kerjean, und das ist Simon Johannsen, ein Bleistiftstemmer.«

Sie hatten bisher Französisch gesprochen, aber die Frau redete ihn plötzlich auf Deutsch an.

»Simon? Simon Johannsen, der Junge von nebenan?«

Er starrte sie verblüfft an. Sie fuhr sich mit der Hand über die staubige Stirn.

»Kelda Achern«, stellte sie sich vor, und zu dem Vermieter gewandt, meinte sie: »Versuchen Sie es gar nicht erst, Monsieur Kerjean. Kelda reicht. Achern ist ein Name, der Franzosen nicht eben geschmeidig über die Lippen kommt.«

Yves nickte, und Simon konnte seine Überraschung nicht verbergen.

»Kelda? Du? Du hast dich – mhm – verändert.«

»Ja, Simon, du auch.«

»Kelda war meine Nachbarin«, erklärte Simon.

»Vor langer Zeit«, ergänzte Kelda.

Zehn Jahre, wenn nicht mehr, waren vergangen, seit ihre Wege sich gründlich getrennt hatten.

»Tja, am Ende der Welt trifft man sich wieder«, murmelte Simon.

»Unter dramatischen Umständen, nicht wahr?«

Auch Yves, der verhinderte Vermieter, hatte gerade eine Erleuchtung: »Sie sind die junge Dame, die Jan gestern aus dem Wasser gezogen hat.«

»Das hat sich leider auch schon rumgesprochen.«

Simon verzog angewidert sein Gesicht. »Du gehörst zu der Surferbande unten in der Düne?«

»Korrigiere deine Grammatik, dann stimmt es. Ich gehörte dazu.«

»Mhm.«

Kelda ignorierte ihn und fragte stattdessen: »Was haben Sie im Keller gefunden, Monsieur Kerjean?«

»Yves, der Monsieur passt nicht zu mir. Tja, da gibt es einen Toten. Und so wie es aussieht, hat man ihn schon vor vielen Jahren dort eingesargt. Schlechter Beton übrigens – aber es waren Kriegszeiten, da muss man wohl nachsichtig sein.«

»Kriegszeiten? Woraus schließen Sie das?«

»Weil er entweder ein Kollaborateur war und von der Résistance erschossen wurde oder bei der Résistance war und von Kollaborateuren erschossen wurde. Ein Lothringer Kreuz ist in die Wand eingeritzt.«

Simon sah ihn fragend an, und er erklärte: »Ein Kreuz mit Doppelbalken war hier das Zeichen der Résistance.«

»Nun, dann dürfte auf mich kein Verdacht fallen, das war vor meiner Zeit«, bemerkte Kelda trocken.

»In der Tat. Ich hoffe, es geht Ihnen gut, Madame Kelda. Sie haben starke Nerven bewiesen. Nicht nur dass Sie durch die Decke gebrochen sind, nein, Sie mussten auch noch die Nacht neben einem Toten verbringen. Ich stehe tief in Ihrer Schuld.«

»Ach, wissen Sie, meine Erfahrung mit der Endlichkeit des Lebens hatte ich bereits am gestrigen Nachmittag gemacht, als mich die Flut gegen die Felsen trieb.«

»Ein tollkühnes und leichtsinniges Unterfangen«, sagte Simon scharf.

»Ich wurde überredet. Und ich habe meine Konsequenzen daraus gezogen. Mit welchen Folgen, das siehst du ja hier.«

»Kein entspannter Urlaub.«

»Nein, und darum breche ich ihn jetzt ab. Wenn einer der Herren bitte mein Gepäck oben aus dem Schlafzimmer holen würde – ich habe keine große Lust mehr, mich noch einmal in diesem baufälligen Gemäuer zu bewegen.«

»Sofort, Madame Kelda!«

Yves stapfte die Treppe hoch, die seinem Gewicht standzuhalten geneigt war.

»Wohin können wir dich bringen, Kelda?«, fragte Simon.

»Zum *Marée bleue*. Es gehört meiner Freundin Marie-Claude.«

»Ich kenne es.«

Simon schnappte sich ihre Reisetasche, Yves trug ihren Rucksack, und sie geleiteten sie zu dem staubigen Offroader. Während der kurzen Fahrt schwieg Kelda, doch als sie ausstieg, reichte Yves ihr die Hand.

»Überlegen Sie sich, ob Sie wirklich abreisen wollen, Madame Kelda. Wo immer Sie Unterkunft finden – ich zahle sie.«

Simon hatte seinen Freund noch nie so zerknirscht gesehen. Er schloss sich seiner Einladung an.

»Das Wetter bleibt schön, sagt man. Du solltest dir die Gegend ein paar Tage ansehen.«

»Ich denke darüber nach.«

»Tun Sie das«, sagte Yves. »Wenn Sie irgendetwas brauchen, finden Sie mich auf dem ›*Truc et Puces*‹ Richtung Kerlouan. Können Sie nicht verfehlen, es steht dort ein roter Doppeldeckerbus.«

»Darin haust dieser Gauner, und wenn du zu ihm willst, musst du erst ein Meer von Gerümpel durchqueren«, ergänzte Simon.

»Das haben Flohmärkte vermutlich so an sich. Hallo, Marie-Claude, ich bin schon wieder schiffbrüchig, diesmal auf festem Land«, begrüßte Kelda die Wirtin der Crêperie, die aus der Tür trat.

Yves nahm seine Mütze ab und drehte sie in den Händen, während er von ihrem Missgeschick berichtete.

»Mit dem Sofa in den Keller gefallen, die Nacht neben einem Toten verbracht und kein anständiges Frühstück bekommen – *pauvre p'tit!*«

Simon nickte.

»Du wirst ihr ein anständiges Frühstück servieren, Marie-Claude. Ich muss zurück auf die Baustelle.« Und zu Kelda sagte er: »Man sieht sich.«

»Vielleicht.«

Als Yves neben ihm im Auto saß, meinte er: »Komischer Zufall, oder?«

»Xavier würde wieder irgendeine geheimnisvolle Bestimmung dahinter wittern. Aber Kelda hat Französisch studiert, und wenn sie mit jemandem aus dieser Surferbande zusammen ist, liegt es doch nahe, dass sie hier aufkreuzt.«

»Magst du sie nicht? Sie ist doch ein hübsches Mädchen.«

Simon zuckte mit der Schulter.

Hübsch war sie vor zehn Jahren schon. Kühl und unnahbar auch.

Das eine wie das andere hatte sich wohl nicht geändert.

Obdach im Blauen Meer

Die beiden Männer hatten sich verabschiedet, und Kelda wurde sogleich das Frühstück in der geräumigen Küche serviert – duftende Croissants, Paulettes selbstgemachte Aprikosenmarmelade, Baguette, ein reifer Brie, gesalzene Butter, Erdbeeren, Butterkekse, Milchkaffee in ganzen Strömen.

Sie fand, die Sünde hatte sie sich verdient, und langte hungrig zu.

»Unter dem Dach ist ein kleines Gästezimmer, Kelda. Wenn du magst, kannst du einziehen. Ich würde mich freuen, dich hier zu haben«, sagte Marie-Claude, die sich mit einer weiteren Tasse Kaffee zu ihr an den Tisch setzte.

Unterstützt wurde diese freundliche Einladung durch eine schlanke, rote Katze mit weißen Pfötchen, die sich geschmeidig um Keldas Beine wickelte und schnurrte.

»Soquette, du bettelst!«, mahnte Marie-Claude sie und zog sie sanft am Schwanz.

»Mirr!«, antwortete die Katze und schaute Kelda mit einem seelenvollen Blick aus ihren grünen Augen an. Wie von einer fremden Macht gelenkt reichte sie ihr ein Stückchen Käse.

»Puh, sie kriegt jeden rum«, grummelte Marie-Claude. »Sie müsste fett wie ein Walross sein, bei den Mengen, die sie futtert.«

»Vielleicht hat sie Würmer?«

»Hat sie nicht!«, kam es empört. »Sie mag zwar mal eine Streunerkatze gewesen sein, aber als sie hier letztes Jahr eingezogen ist, habe ich sie gleich zum Veterinär gebracht.

Aber ich glaube, sie hat lange Hunger gelitten, was, Soquette?« Sie streichelte die Hübsche, die daraufhin ihren Kopf an Marie-Claudes Beinen rieb.

»Macht es dir wirklich nichts aus, wenn ich ein paar Tage bleibe?«, fragte Kelda.

»Ich habe dich schon mehr als ein Dutzendmal eingeladen. Also, hoch mit dir, damit du dich oben einrichten kannst. Ein kleines Bad ist auch da.«

»Sehr klein«, stellte Kelda fest, als sie die Schranktür öffnete, hinter der sich eine Toilette, ein winziges Waschbecken und eine Bodenwanne befanden, letztere nur unwesentlich breiter als der Duschkopf darüber.

»Du bist ja schlank«, kommentierte Marie-Claude.

»Noch zweimal so ein Frühstück wie heute, und ich passe da nicht mehr rein.«

Das Zimmerchen war hübsch, ein bisschen kitschig mit seiner Blümchenrüschenpastell-Dekoration, aber der Boden wirkte beruhigend solide. Sie packte aus, nahm eine Dusche und ergötzte sich an den köstlichen Gerüchen, die von der Küche unten hochschwebten.

Eine Woche vielleicht. Ja, eine Woche könnte sie bleiben. Und so wie sie bemerken würde, dass sie ihrer Gastgeberin auf den Geist ging, würde sie abreisen.

Auf jeden Fall sollte sie die Gelegenheit nutzen, sich noch mal mit Simon zu treffen.

Wie das Schicksal so spielte – der Nachbarsjunge aus Jugendtagen war inzwischen ein Architekt. Und beinahe hätte sie ihn nicht erkannt. Denn als sie ihn das letzte Mal gesehen hatte, trug er mit Recht den Spitznamen Spargeltarzan.

Von Spargel war keine Spur mehr, und die Bleistifte, die er laut Yves stemmte, mussten gut fünfzig Kilo wiegen.

Interessant, was so aus den Leuten wurde.

Es ergab sich ganz von selbst, dass Kelda mithalf, den mittäglichen Ansturm zu bewältigen. Die ersten Touristen – jene, die nicht an die Schulferien ihrer Kinder gebunden waren, ließen sich die kreativen Crêpes und köstlichen Kleingerichte schmecken, die Marie-Claude und ihre Mutter Paulette in der Küche zubereiteten. Eine junge Frau aus Brignogan half servieren, Kelda sammelte Geschirr ein und bestückte die Spülmaschine. Eine bretonische Crêperie bot nicht nur die üblichen süßen Variationen der hauchdünnen Pfannkuchen an, sondern die Spezialität waren die Galettes, die aus dem *blé noir*, dem Buchweizenmehl, hergestellt wurden. Man verlockte die Speisenden mit dem Hinweis darauf, wie kalorienarm sie waren. Stimmte, der Teig bestand lediglich aus Mehl, Wasser und Ei. Allerdings ohne Füllung. Die hingegen konnte den zarten, hauchdünnen Teigfladen mühelos zur Kalorienbombe machen. Keldas Lieblingsvariante war die sogenannte *Complète*, bei der in die Mitte der Galette erst eine große Scheibe gekochter Schinken, dann eine passende Scheibe Käse und zum Schluss noch ein rohes Ei dekoriert wurde. Das alles wurde erhitzt und der Teig dann so dekorativ zusammengefaltet, dass nur das Eigelb herausschaute. Aber auch andere Variationen bot Marie-Claude an. Füllungen mit Meeresfrüchten, mit einer göttlichen Lauch-Sahne-Creme, mit Pilzen, mit Wurstscheiben und mit vielem anderen mehr. Mittags und abends erfreuten sich die meisten Besucher daran, nachmittags kamen jedoch auch viele auf eine süße Crêpe und Kaffee vorbei.

Um zwei war der größte Ansturm vorbei, und Marie-Claude jagte sie aus dem Haus, mit dem Auftrag, endlich Urlaub zu machen. Kelda wanderte zu dem alten Fischerdorf Meneham, das irgendwann in den siebziger Jahren verlassen worden war und verfiel. Vor einigen Jahren hatte sich eine Initiative gegründet, die es sich zur Aufgabe gemacht hatte, es als Museum wiederaufzubauen, so wie es vor über hundert Jahren ausgesehen hatte. Niedrige, strohgedeckte Feldsteinhäuser bargen Werkstätten von Kunsthandwerkern aller Art. In einem anderen, langgestreckten Ensemble konnte man Zimmer mieten. Man hatte sie hinreißend möbliert mit alten Kastenbetten samt Vorhängen und gestickter Leinenwäsche. Kelda war bezaubert. Die Bäder aber waren modern, und die Häuschen hatten eine gemeinsame, praktisch eingerichtete Küche und unter dem Dach einen gemütlichen Aufenthaltsraum mit Sesseln und Sofas, einem Internetanschluss, Bücherregalen und allerlei Spielen.

Welche Alternative zu einem Wohnmobil wäre das gewesen!, ging ihr durch den Kopf. Aber Matt hatte darauf bestanden, beweglich zu sein, dorthin zu fahren, wo die besten Windbedingungen waren.

Kelda kletterte die Holzstiege wieder nach unten und schlenderte über den großen sandigen Platz, an dessen Rand ein Podest, vermutlich eine Bühne, errichtet worden war. Begrenzt wurde das kleine Freilichtmuseum zum Meer hin von einigen rundgewaschenen Felsen. Sie erklomm die Steine und stellte fest, dass hier, direkt am Meer, ein weiteres Steinhaus an den Felsen klebte, das einst als Ausguck gedient hatte. Trotz der gefährlichen Klippen, die vor der Küste aus dem Meer ragten, lebten die früheren Einwohner hier vom Fischfang. Oder Schmuggel, wie sie vermutete. England war nicht weit, und dazwischen lagen die kleinen Kanalinseln, die, wie Kelda aus der Geschichte der Bretagne wusste, schon immer ein Umschlagplatz für allerlei Konterbande gewesen waren. Bilder von den schönsten Schiffsunglücken und ihre Schilderung erquickten die Besucher in diesem Häuschen. Kelda machten sie schaudern. Zu nahe war sie am Tag zuvor genau diesen gefährlichen Felsen gekommen. Also kletterte sie von dem

Ausguck herunter und besuchte als Letztes das Museumshaus mit seinen Werkzeugen und Trachten. Hier zeigte man, wovon die Bewohner des Dörfchens gelebt hatten. Neben der Landwirtschaft und dem Fischfang inklusive Schmuggel verdiente man sich einiges auch mit dem Sammeln von Algen. Getrocknete Algen, so informierte ein Ausstellungsraum des Museums, dienten als Dünger oder in Notzeiten auch als Viehfutter, Algenasche hingegen galt als Rohstoff für allerlei pharmazeutische und kosmetische Produkte. Goëmoniers nannte man die Algensammler, und in langgestreckten, flach ausgehobenen Gruben in den Dünen wurden die Algen verbrannt. Diese Öfen traf man noch immer entlang der Küste an.

Gesättigt von lokaler Geschichte und hungrig nach einem Abendessen wanderte Kelda am späten Nachmittag zurück zur Crêperie, bot noch mal ihre Hilfe an, auf die man aber zum Glück verzichtete. Stattdessen wurde ihr ein weiteres köstliches Menü serviert.

Skandalöses Frühstück

Simon rechtfertigte seinen morgendlichen Besuch bei Marie-Claude damit, dass er sich verpflichtet fühlte, sich nach dem Befinden seiner früheren Nachbarin zu erkundigen. Er hatte am Vortag die Begegnung noch mit einem beiläufigen Schulterzucken abtun wollen, aber ein hartnäckiger kleiner Stachel hatte ihn die ganze Nacht gepiekt. Vor langer Zeit einmal war Kelda der Schwarm seiner jugendlichen Träume gewesen, doch sie hatte nie mehr als nur halbwegs freundliches Interesse für ihn bekundet. Gut, das war Vergangenheit, heute waren sie beide erwachsen, und derartig hormonellen Befindlichkeiten war er entwachsen. Sie war hier gestrandet, unter nicht eben glücklichen Umständen, und verdiente zumindest die Aufmerksamkeit eines ehemaligen Nachbarn.

Also machte er sich nach dem ersten, frühen Besuch auf der Baustelle auf, im *Marée bleue* ein ordentliches Frühstück zu sich zu nehmen. Das alleine war schon Grund genug, dort anzuklopfen.

Die normalen Gäste wurden erst um die Mittagszeit beköstigt, aber zu Marie-Claude und ihrem Mann Brendan hatte er eine besondere Beziehung. Vor zweieinhalb Jahren war das *Marée bleue* sein erster eigenständiger Auftrag gewesen. Damals war das Haus an der Düne noch eine etwas patinierte *Bar Tabac* gewesen, in der sich die Einheimischen auf ein Bier und Pferdewetten trafen. Dann starb der Besitzer, und Marie-Claude, eine engagierte Köchin, hatte die Bar geerbt. Er hatte gerade eine finstere Zeit hinter sich, die er als seine persönliche Naufrage betrachtete. Ein

Schiffbruch, den er durch Selbstversenkung verursacht hatte. Yves hatte das Wrack geborgen, das er damals war, ausgenüchtert und abgeschleppt. Was immer den seltsamen Knorzen dazu bewogen haben mochte, heute war er ihm dankbar dafür. In den ersten Monaten hatte er Simon schuften lassen – bei Entrümpelungen aller Art, mit denen er sich seinen Lebensunterhalt verdiente. Als sie von Marie-Claude beauftragt wurden, das *Marée bleue* leer zu räumen, hatte er das erste Mal seit langer Zeit wieder das Bedürfnis verspürt, einem heruntergekommenen Gebäude zu seiner alten Form zu verhelfen. Er sah, was die Besitzerin nicht sehen konnte: ein malerisches Haus, das einladend den Besuchern seine Türen öffnete. Bei einem langen, abendlichen Gespräch hatte er ihrem Mann von seiner Vision erzählt, und der wiederum hatte sie begeistert aufgegriffen. Marie-Claude war eine hervorragende Köchin, die einfachen Gerichte, die ihr Vater den Barbesuchern angeboten hatte, waren weit unter ihrem Niveau. Es hatte nur wenige Wochen gedauert, da hatte sie sich entschieden, eine Crêperie aufzumachen. Ein lohnenswertes Projekt, weil in der Nachbarschaft auch gerade die verlassene Ansiedlung Meneham ihre Auferstehung als Museumsdorf feierte und zu einem Besuchermagnet wurde.

Heute schmiegte sich das Feldsteinhaus zwischen Felsen und Düne, die Läden waren dem Namen gemäß meerblau gestrichen, Stockrosen in allen Schattierungen von Rot und Gelb leuchteten von der grauen Steinmauer, das Strohdach war eine Herausforderung gewesen, die Installationsarbeiten ebenso. Aber es war ihm gelungen, mit den örtlichen Handwerkern seine Vorstellungen durchzusetzen, und Marie-Claude hatte sich mit viel Sinn für Praktisches und mit gutem Geschmack um die Inneneinrichtung gekümmert. Über den Arbeiten, die ein halbes Jahr gedauert hatten, waren sie gute Freunde geworden. Und als das *Marée bleue* wieder seine Pforten öffnete, hatte er sich einen guten Ruf als Architekt für Sanierungsaufgaben erworben. Danach war es stetig aufwärtsgegangen.

Die Tür das Hauses stand, wie meistens, offen. Marie-Claude werkelte schon in der Küche.

»Simon, komm rein. Nimm dir einen Kaffee!«, wurde er freundlich begrüßt. Soquette kam ebenfalls angestromert und sprang sogleich auf seinen Schoß, schnurrte ihn an und nahm zierlich das Stückchen Schinken aus seiner Hand.

»Wie geht es deiner Freundin Kelda?«

»Ich habe sie überredet, in das Gästezimmer oben zu ziehen. Ich hoffe, sie wird wirklich ein paar Tage bleiben. Aber diese Erlebnisse in den vergangenen zwei Tagen haben sie ziemlich aus der Bahn geworfen.«

»Mir schien, dass sie recht gelassen damit umging.«

»Nur weil sie keinen hysterischen Anfall beim Anblick eines alten Skeletts bekommen hat, heißt das noch lange nicht, dass sie ungerührt von den beiden Unfällen geblieben ist, Simon. Kommt dazu, dass sie noch einen furchtbaren Streit mit ihrem Freund hatte, weil der Idiot … Ach, lassen wir das! Sie soll sich einfach eine Weile hier ausruhen.«

Das Leben bot Wiederholungen, stellte Simon fest. Die einzige Zeit, in der er Kelda ein klein wenig nähergekommen war, war einst die Phase, in der sie von einem herzzerreißenden Liebeskummer gequält worden war. Sie war sechzehn, er neunzehn, und ein paar Wochen lang hatte er schüchtern versucht, sie zu trösten.

Na ja, es war ein Versuch gewesen.

»Wir haben den Toten übrigens identifiziert«, wechselte er das Thema.

»Ach, tatsächlich?«

»Ja, und das wird hier ganz schön für Aufregung sorgen. Die Lokalpresse gräbt schon alte Geschichten aus.«

»Erzähl!«

Simon wollte eben anfangen, als Kelda gähnend in der Tür erschien.

»Kaffee?«, fragte sie heiser.

»Setz dich. Gut geschlafen?«

»Wie ein Stein. Bis ich angefangen habe, vom Schiffbruch zu träumen.«

»Wurdest du gerettet?«

»Ja, zum Glück. Und darum habe ich jetzt Hunger. Hallo, Simon.«

»Guten Morgen, Kelda«, begrüßte er sie. Sie sah noch ein wenig schlafzerknittert aus, und ihre Haare waren zu einem nachlässigen Zopf geflochten. Mit strenger Disziplin unterdrückte er das aufkeimende Gefühl, sie in den Arm nehmen zu wollen. »Marie-Claude sagte mir, dass du deinen Urlaub doch nicht abbrechen wirst.«

»Man hat mich überredet – das Essen ist hier einfach zu gut.«

»Simon hat Neuigkeiten«, warf Marie-Claude ein. »Du hast ganz schön viel Staub aufgewirbelt mit deiner Entdeckung.«

»Welche Art Staub?« Kelda goss sich einen Becher Kaffee ein.

»Geschichtlichen Staub. Skandalösen vermutlich.«

Zwanglos setzte sie sich an den Küchentisch.

»Dann will ich Skandale zum Frühstück hören.«

Simon berichtete: »Der Tote war aktenkundig. Die beiden Goldzähne haben ihn verraten. Wir haben ihn gestern Vormittag geborgen und zur Gendarmerie gebracht. Unser Verdacht war richtig, er muss in den letzten Kriegsjahren umgebracht worden sein, ein Kopfschuss bedeutete sein Ende. Ein Blick in die Einwohner-Kartei der Jahre 1943 bis 1945 erwies sich als hilfreich. 1940 verschwand ein Jerôme Bellard von einem Tag auf den anderen – ›abgereist‹ war vermerkt.«

»Nun, im weitesten Sinne stimmt das wohl. Und wer war jener Jerôme? Résistance oder Kollaborateur?«

»Keine Ahnung, aber wahrscheinlich wird es sich schnell herumsprechen, was du da gefunden hast. Ich fahre gleich noch mal zum Haus, um zu sehen, ob meine Leute den Keller gesichert haben. Willst du mitkommen?«

Kelda sah Marie-Claude fragend an, aber die lächelte nur. »Du hast Urlaub, Kelda!«

»Okay, dann komme ich mit.«

»Ihr könntet mir auf dem Rückweg zwanzig Weingläser mitbringen – solche hier.« Marie-Claude wies auf die rustikalen Gläser, in denen sie die Getränke servierte. »Es hat heute Morgen einen kleinen Unfall gegeben.«

»Hat die Spülmaschine sie geschreddert?«

»Nein, Soquette hatte wieder ihre manische Phase.«

Soquette sprang von Simons Schoß und sah sie alle empört an. Mit arrogant erhobenem Schwanz stolzierte sie aus der Küche.

»Sie ist ein süßes Tier, aber manchmal treibt sie mich zum Wahnsinn. Morgens und abends tobt sie wie eine Verrückte durch das ganze Haus. Diesmal war es ein Tablett mit Gläsern, die dabei zu Bruch gingen.«

»Wir bringen dir Ersatz mit.«

Kelda verschwand, um sich herzurichten, und als sie in den staubigen Offroader einstieg, wehte Simon ein Hauch Frühlingsblütenduft an. Die Knitterfalten in Keldas Gesicht waren verschwunden, die Haare, ordentlich geflochten, und hingen hinten aus der roten Kappe heraus über ihren Rücken.

»Ich habe das Grundstück um Yves Haus absperren lassen, damit nicht noch einer in die Grube fällt. Solche Unfälle sprechen sich hier in Windeseile herum, und Neugierige finden sich immer gleich ein.«

»Vor allem, wenn es Tote gab.«

»O ja. Yves rechnet sich schon rege Umsatzsteigerungen auf seinem Flohmarkt aus und ist jetzt auch der Meinung, dass das Haus von Grund auf renoviert werden muss.«

»Auf die Idee hätte er früher kommen können. Es liegt hübsch, als Ferienhaus hätte es immer Mieter gefunden.«

»Das hat ihm nie viel bedeutet. Aber jetzt hat es eine Geschichte. Und die wird die Leute anziehen.«

»Ah. Jerôme Bellard wird darin umgehen und nachts die Dielen knarren lassen.«

»Oder so ähnlich. Xavier hat schon immer gesagt, dass mit dem Haus etwas nicht stimmt.«

»Wer ist Xavier?«

»Ein Urgestein, Yves' Freund, der auf den Truc et Puces aufpasst, wenn er unterwegs ist. Du solltest ihn kennenlernen.«

Simon stellte den Motor ab, und sie stiegen vor dem Haus aus. Schwarz-gelbes Flatterband versperrte den Eingang, das er jedoch einfach anhob, um Kelda durchgehen zu lassen. Seine Leute hatten das Wohnzimmer geräumt, mehrere Holzplanken waren über das Loch gelegt. Eine Leiter ragte von unten herauf.

»Willst du nach unten mitkommen?«

Kelda musterte das Loch mit unbehaglicher Miene. »So bei Tageslicht betrachtet, hält sich die Faszination, das Grab des armen Jerôme zu besichtigen, deutlich in Grenzen. Hat man noch irgendwelche anderen Spuren gefunden?«

»Reste von Kleidung, Schuhen, einen Ehering. Ich habe versucht zu rekonstruieren, wie der Mann in den Keller gekommen ist. Wie es aussieht, gab es damals einen Eingang von außen. Seeseitig, dort, nahe dem Felsen. Er ist mit dem gleichen Beton verschlossen worden wie das Grab. Wie Yves sagt, war das früher ein Fischerhaus.«

»Und man hat im Keller gleich den Fang gelagert, was?«

Simon grinste.

»Sozusagen.«

»Vielleicht war jener traurige Jerôme ja auch ein Flüchtling? Oder ein Schmuggler?«

Er zuckte mit den Schultern.

»Auf jeden Fall hat er sich Feinde gemacht. Und dieses Lothringer Kreuz ...«

»Kelda! Kelda, da bist du ja!«

Ein junger Mann in schwarz-gelber Radlerkleidung vollführte eine rasante Schleuderbremsung mit seinem Fahrrad, die den Sand auf dem Weg aufwirbelte.

»Ja, hier bin ich.«

»Ich hab gehört, dass das Haus zusammengestürzt ist – darum bin ich gleich gekommen.«

Er legte das Rad auf den Boden und trabte auf sie zu.

»Wie fürsorglich von dir.«

Kelda klang sarkastisch, stellte Simon fest und verzog sich in den Hintergrund. Das war also ihr derzeitiger Freund.

»Na, hör mal, ich hab mir echt Sorgen gemacht.«

Das klang vorwurfsvoll. Sie zuckte mit den Schultern.

»Was ist, Kelda? Du bist doch nicht mehr sauer, oder? Du kommst doch jetzt wieder zurück, ja?«

»Nein. Ich glaube, das hatte ich vorgestern deutlich gesagt.«

»Ach, da warst du doch nur stinkig, weil wir gekentert sind.«

»Ich bin noch immer stinkig, Matt. Deswegen komme ich nicht zurück. Du hast dein Wohnmobil ganz für dich alleine.«

»Ja, aber du willst doch nicht etwa hier drin übermachten?«

»Nein.«

Keldas einsilbige Antwort irritierte Matt offensichtlich,

und jetzt bemerkte er auch Simon, der sich schweigend im Hintergrund gehalten hatte.

»Wer ist der da?«

»Ein Architekt, der Altbausanierungen durchführt. Simon Johannsen. Er hat mich gestern Morgen gerettet. Simon, das ist Matt.«

O ja, sie konnte sehr unterkühlt und unhöflich sein.

»Hi. Also, kommst du jetzt mit?«

»Nein.«

»Hast du was mit dem?«

»Nein.«

»Mann, dann komm doch wieder mit, Kelda.«

Der Junge hatte ein dickes Fell, stellte Simon fest. Und streitsüchtig war er offenbar auch. Ein unangenehmer Wichtigtuer, war Simons Urteil. Was fanden Frauen nur an solchen Gestalten? Damit der Szene ein Ende bereitet wurde, meinte er ruhig zu dem aufgebrachten Matt: »Sie scheinen das Wort ›Nein‹ irgendwie nicht zu verstehen.«

»Mischen Sie sich da nicht ein!«

Kelda sah von einem zum anderen und drehte sich dann zu Simon um. »Wir sollten uns auf den Weg machen, um Marie-Claudes Weingläser zu kaufen. Sie braucht sie für das Mittagessen. Oder hast du hier noch etwas zu tun?«

»Nein, es ist alles in Ordnung.«

Er ging zum Wagen, und sie schüttelte Matts Hand auf ihrem Arm ab. »Es ist vorbei, Matt. Es hat keinen Sinn mehr.« Ein eisiger Hauch lag in ihrer Stimme.

»Aber Kelda …«

»Ich habe es dir vorgestern erklärt, warum es mit uns beiden nicht mehr weitergehen kann, Matt. Ich muss mich nicht wiederholen.«

Damit ließ sie ihn stehen.

Sauber abserviert, urteilte Simon.

Aber als sie sich neben ihm auf dem Beifahrersitz anschnallte, bemerkte er ihre Wut.

»Sechs Jahre – die ersten davon wirklich atemberaubend, die beiden letzten ... schwierig. Die vergangenen zwei Monate unerfreulich. Der Mörtel, der unsere Beziehung zusammengehalten hat, ist zerbröselt, und das Gebäude ist mit ein bisschen Kitt und Farbe nicht mehr zu sanieren. Ich hätte mich auf diese Reise nicht mehr einlassen dürfen, aber, großer Gott, man hofft ja doch immer noch auf eine unerwartete Wendung«, sagte sie und starrte dabei aus dem Seitenfenster.

Simon schwieg. Es gab darauf wenig zu sagen. Außer, dass er sie verstand. Aber das hätte zu Erklärungen geführt, die er nicht bereit war zu machen.

Sie kauften die Weingläser, fuhren die Küstenstraße zurück, und schließlich sagte er: »Die Wohnmobile und Zelte stehen in einem Naturschutzgebiet. Ein Anruf, und er wird weiterziehen und wahrscheinlich sogar ein deftiges Bußgeld zahlen müssen.«

»Du magst die Surfer nicht?«

»Sie sind mir gleichgültig, wenn sie sich auf den Campingplätzen vergnügen. Aber einige fallen hier ein wie die Heuschrecken, spielen sich auf, hinterlassen Müll und aufgewühlten Sandboden. Sie behandeln die Küste, als ob sie ihnen gehört.«

Kelda sah aus, als ob ein schlechtes Gewissen in ihr nagte. »Ja, ich weiß. Genauso haben wir uns oft verhalten. Allerdings an sehr viel einsameren Gestaden als hier. Trotzdem – ich schäme mich inzwischen dafür.«

»Wie lange bleibst du?«, fragte Simon, als sie das *Marée bleue* erreicht hatten.

»Eine Woche, denke ich.«

»Schön. Man sieht sich!«

Veteranenfront

Um die Mittagszeit half Kelda Marie-Claude wieder in der Crêperie, und als sich die Terrasse leerte, setzte sie sich mit ihrem Essen unter einen Sonnenschirm. Nur noch vier alte Männer waren sitzen geblieben, die es sich mit ihrem Pichet Rotwein im Schatten gemütlich gemacht hatten. Paulette brachte ihr zum Nachtisch noch eine Crêpe mit Erdbeeren und Sahne vorbei, der sie nicht widerstehen konnte, und setzte sich auf einen Kaffee zu ihr. Die vier verwitterten Alten grüßten sie launig.

»Wann gehen wir zum Tanzen, Paulette?«

»Wenn dir wieder schwarze Locken wachsen, Loïc.«

Die drei andern kicherten. Loïcs Kopf unter der Fischermütze war eine glänzende, völlig kahle Kugel.

»War ein süßes Mädchen, unsere Paulette«, erklärte mir einer der Veteranen.

»Ist sie noch, Dider. Und sie ist zu haben.«

»Wenn ihr zwanzig Jahre jünger wärt, könnte ich versucht sein«, beschied Paulette sie. »Aber eigentlich steh ich nicht so auf Hundertjährige.«

»Bis dahin hab ich noch gut zehn Jahre«, krächzte ein anderer und kicherte. »Noch bin ich im besten Mannesalter.«

»Klar, Tomaz, was sind schon die paar Zipperlein, die dich an den Stock gebracht haben«, knurrte ein anderer.

»Du hast da nicht mitzureden, mit deinem Holzbein.«

»Das braucht wenigstens keine Rheumasalbe.«

Sie plänkelten eine Weile gutmütig herum, die offensichtlich lange Tradition hatte. Dann aber unterbrach einer der alten Herren den Flirt mit Paulette und fragte: »He, du hast doch damals die alte Veuve Bellard gepflegt.«

»Als ich noch ein junges Ding war, ja.«

»Zänkische Hexe, die«, knurrte ein anderer. »Aber dass nun rauskommt, dass der Jerôme gar nicht nach Paris ab ist …«

»Sie hat immer geglaubt, er habe sie wegen einer Jüngeren verlassen. Das macht die Weiber missmutig.«

»Na, dass man ihn wie einen Hund erschossen hat. *Mon Dieu* – das hätte ihr auch nicht gefallen.«

Keldas Neugier war geweckt.

»Sie kannten die Frau des Toten?«, fragte sie Marie-Claudes Mutter überrascht.

Paulette nickte. »Ja, als ich gerade mit der Schule fertig war, bin ich bei ihr in Stellung gegangen. Fünf Jahre habe ich diese zänkische Madame betreut, vierundsechzig ist sie dann gestorben. Ihren Mann hat sie in der ganzen Zeit nie erwähnt.«

»Der war ein Filou«, warf Dider ein. »Leicht hat sie es mit ihm bestimmt nicht gehabt.«

»Rauf und runter ist es mit ihm gegangen, wisst Ihr noch? Als ich gerade zehn war, hat meine Mutter im großen Haus als Köchin angefangen. Das war so anno neunundzwanzig. Da hat sie mich ein paarmal mitgenommen. Ich war vor Ehrfurcht ganz klein. All diese Teppiche und Lüster und glänzenden Möbel. Und Madame in ihren Pariser Roben.«

»Tja, aber erwischt hat es sie auch.« Loïc nickte bedächtig. »Da kam die große Krise, und Schluss war es mit Champagner und Seidenkleidern. Er hat alles verloren, und sie mussten in ein kleineres Haus ziehen.« Er sah mich mit seinen uralten Augen an, die vor lauter Vergnügen am Skandal blitzten. »Aber lange hat's nicht gedauert, da ist er wieder zu Geld gekommen. Fragt besser nicht, wodurch.

Jedenfalls sind sie zurück in die Villa, als die Deutschen kamen und die Pariser, die die Villa gekauft hatten, bei Nacht und Nebel verschwunden sind.«

Lebendige Geschichte, dachte Kelda. Die Ereignisse wurden hier noch so diskutiert, als seien sie erst gestern geschehen. Eine Fremde, die den Toten entdeckt hatte und für die diese Geschichten neu waren, entzückte die alten Skandalnudeln. Und wenn man schon eine ganze Nacht mit einem Mann zusammen verbracht hatte, durfte man ja wohl auch mal neugierig sein, wie denn so sein Lebenswandel war. Sie hörte aufmerksam zu und stellte zwischendurch Fragen, die die vier Alterchen befeuerten, aus der Vergangenheit zu plaudern.

So erfuhr sie eine Menge über ihn, allerdings musste Paulette ihr hin und wieder die doch sehr eigenwillige Sprache der alten Männer übersetzen.

Filou war tatsächlich die richtige Bezeichnung für den Herrn mit den zwei attraktiven Goldzähnen.

»War 'ne gute Zeit für Brignogan«, meinte Tomaz und schlürfte seinen Cidre. »Damals, vor der Krise. Da kamen die Sommerfrischler. Mein Vater war Bahnhofsvorsteher. Stolz war er auf seine Uniform, und oft hat er von den Reisenden erzählt, die eintrafen. Reiche Städter, die mit ihren Dienerschaften hier Unterkunft gemietet haben. Und viele, die sich hier Grundstücke gekauft haben und dann ihre Sommerhäuser drauf bauten.«

»Villen, keine schäbigen Strandhäuser.«

»Und ihre Boote und Yachten brachten sie her.«

»Seit wann gibt es denn hier einen Bahnhof?«, fragte Kelda neugierig.

»Schon vor meiner Geburt. Der war schon da, als ich noch am Gängelband ging.«

Und das war neunzig Jahre her. Kelda rechnete und kam zu dem Ergebnis, dass die Entwicklung des Örtchens so in den ersten Jahren von 1900 eingesetzt hatte. Eine Boom-Zeit. Die Industrialisierung veränderte die Gesellschaft in Windeseile. Der Adel verlor, die Fabrikanten gewannen. Die technische Entwicklung brachte weitere Umwälzungen. Vielleicht nicht hier am Ende der Welt, aber die Auswirkungen bekam man auch hier zu spüren und den großen Börsenkrach demzufolge auch. 1929/30 waren Schicksalsjahre für die ganze Welt. Unzählige Vermögen wurden vernichtet, zogen Menschen mit ins Unglück.

»Womit hat denn Monsieur Bellard sein Vermögen gemacht, dass er sich eine solch große Villa leisten konnte?«, fragte sie. »War das auch nur eine Sommerresidenz, oder wohnte er die ganze Zeit hier?«

»Der war aus Paris. Der hat hier Geschäfte gemacht. Grundstücke gekauft. Ganz billig. Hat meinen Großvater übers Ohr gehauen mit einem riesigen Acker. Und den dann in kleine Parzellen aufgeteilt und an seine Kunden für teuer Geld weiterverkauft.«

»War dein Großvater selbst dran schuld, Armand. Hätt' ja selbst an die Parisiennes verkaufen können.«

»Und außerdem hat deine Mutter später gute Geschäfte mit denen gemacht.«

Der ganze Ort hatte von dem touristischen Aufschwung profitiert, hörte Kelda aus diesen Bemerkungen heraus. Die Pariser, die die Villen bezogen, brauchten Dienstpersonal, wollten essen gehen, fanden es kurios, sich mit den örtlichen Produkten einzudecken. Aber vermutlich nicht nur die Villenbesitzer, sondern auch andere Sommerfrischler zog es aus den Städten ans Meer. Die Eisenbahn machte es möglich, auch nur mal für wenige Tage herzukommen. Für die geschäftstüchtigen Einwohner sicher ein reiches Betätigungsfeld.

»Aber nach der Weltwirtschaftskrise hat sich Monsieur

Bellard wieder saniert«, brachte Kelda das Gespräch wieder auf ihren goldzahnigen Freund.

»Hat nicht lange gedauert. Er hatte schon ein Gespür fürs Geschäft. War kurz vor Kriegsbeginn, da ist er wieder in die Villa gezogen. Und Madame trug wieder Pariser Couture und gab Feste für die feinen Leute.«

»Wie alt war Jerôme Bellard zu dieser Zeit? Ich meine, wenn er schon in den Zwanzigern große Geschäfte gemacht hat, müsste er wohl so um die vierzig bis fünfzig gewesen sein.«

»Madame Bellard ist 1964 zweiundachtzig gewesen, also war sie zu Kriegsbeginn siebenundfünfzig. Ich glaube nicht, dass ihr Gatte jünger war als sie«, korrigierte Paulette sie.

»Glaub ich auch nicht. Wird an die sechzig gewesen sein. Noch ein richtiger junger Springer!«, keckerte Loïc. Gut, mit neunzig sah man das wohl so.

»Ja, jung genug, dass er mit einem Flittchen nach Paris abgehauen ist.«

»Ist der nicht, du Schafskopp. Er wurde erschossen.«

»Ach so, ja. Tja, war er wohl doch nicht mehr so ein junger Hengst.«

»Madame hat es aber geglaubt.«

»Wird ihre Gründe dafür gehabt haben.«

»Na, ich weiß nichts davon. In den Jahren trug ich Marine-Uniform und tat meinen Dienst vor Norwegen. Da hatten wir alle an anderes zu denken.«

Tatsächlich, das war wohl so. Kelda bedankte sich für die ausführliche Geschichtsstunde und half Paulette, die Tische abzuräumen.

»Geh an den Strand, Kelda«, schlug Marie-Claude vor. »Es ist jetzt Ebbezeit.«

»Ich würde lieber einen Ausflug ins Land machen. Ich habe keine Lust, Matt und seiner Clique zu begegnen.«

Sie nickte. Kelda hatte ihr von seinem Auftritt am Vormittag erzählt.

»Nimm mein Auto, ich brauche es heute nicht.«

»Danke. Ich helfe dir heute Abend wieder.«

Sie schüttelte lächelnd den Kopf. »Du hast Ferien, Kelda.«

»Ich mag aber nicht grübeln.«

»Na gut. Fahr zum Men Marz, der wird dir gefallen!«

»Sollte ich den Herren kennen?«

»Er ist nicht zu übersehen, und ausgeschildert ist der Weg zu ihm auch.«

Was stimmte, Men Marz ragte mitten aus einer Wiese hoch auf, ein magischer Stein, wie sein Name sagte. Um ihn herum lagen weitere mächtige Steine, und man hatte blühende Büsche zwischen sie gepflanzt. Gekrönt wurde der Menhir von einem Kreuz. Einige Tafeln informierten die Besucher über seine Geschichte und über die Mühe, die es den Menschen vor fünftausend Jahren bereitet hatte, einen solchen Koloss aufzustellen. Später hatten Missionare versucht, den von den Bewohnern verehrten Stein zu christianisieren. Kelda fragte sich, ob das an seiner Magie etwas geändert hatte.

Magie strahlte er aus – zumindest für sie. Sie umkreiste ihn langsam, ging dann näher heran. Legte ihre Hand auf seine warme, raue Oberfläche und lehnte sich schließlich an ihn. Kleine Wolken zogen über den blauen Himmel, warfen Schattenbäusche über das Land. Die Zeit verlor ihre Bedeutung, während sie den Wind in ihren Haaren spielen ließ. Zeit wandelte, Zeit veränderte. Seit Tausenden von Jahren aber stand dieser Stein schon hier. Warum man ihn einst aufgestellt hatte – es gab viele Theorien darüber. Die meisten waren mehr als absonderlich. Keine der bekannten hatte sie bisher überzeugt. Sie nahm seine Existenz einfach als gegeben hin.

Als ein Zeichen in der Landschaft, eine Markierung für etwas, das sich im Inneren wie im Äußeren abspielen konnte.

Die Ruhe, die Kelda empfand, während sie an ihn gelehnt den Flug der Wolken verfolgte, war Grund genug. Trauer flog vorbei, Trauer um eine Liebe, die gescheitert war. Sechs Jahre, Gewohnheiten, Vertrauen, Zärtlichkeit – gewandelt in Ungeduld, Verständnislosigkeit und leise Verachtung. Auseinanderleben. Trotz all dem tat es weh. Und wie die Zukunft aussah, würde ihr auch dieser alte Stein nicht verraten.

Schließlich stieß sie sich von ihm ab und umrundete ihn noch einmal. Auf dem Boden lagen etliche glattgeschliffene Kiesel, wie man sie am Strand finden konnte. Kelda hob einen auf – grau, von weißen Adern durchzogen. Angenehm lag er in ihrer Hand.

Jeanne, die Frau jenes Mannes, dessen Grab sie gefunden hatte – Witwe, dann angeblich von ihrem Mann verlassen, war verbittert und zänkisch geworden.

Das sollte ihr besser nicht passieren.

Oder war sie schon zänkisch geworden? Hatte sie Matt gegenüber zu wenig Nachsicht walten lassen? Gehörte zu einer Beziehung nicht auch, dass man die Fehler des anderen tolerierte?

Kelda sah zu dem Menhir hoch. Gut acht, neun Meter ragte er auf, und über ihr befand sich ein flacher Vorsprung im Stein, auf dem weitere Kiesel lagen. Spielerisch warf sie den ihren nach oben. Er landete mit einem leisen Klack und blieb liegen.

Menhir-Billard.

Die Wolken hatten sich zusammengeballt, und der Wind war heftiger geworden. Kelda schlenderte zurück zum Wagen und fuhr ziellos Richtung Küste. Ein kurzer, aber heftiger Regenschauer prasselte nieder, dann kam wieder die Sonne hervor. Das Wetter wechselte schnell in dieser Gegend.

Ihre Stimmung leider nicht, die blieb seltsam überschattet.

Darum war es ihr ganz recht, wieder in der Crêperie auszuhelfen. Arbeit verscheuchte trübe Gedanken. Als sie damals ihr Auslandsjahr in Nantes verbracht hatte, hatte sie auch hin und wieder gekellnert, um ihr Taschengeld aufzubessern. Dabei hatte sie Marie-Claude kennengelernt, die dort als Köchin arbeitete. Sie traute ihr an diesem Abend denn auch zu, die Gäste zu bedienen.

Als die späte Dämmerung hereinbrach, waren sie schließlich alleine. Marie-Claude füllte ein Schälchen mit Sahne und stellte es neben die Türschwelle.

»Soquette besteht darauf«, meinte sie lächelnd, und schon tauchte die Weißpfotige aus dem Garten auf. Gemeinsam räumten sie eben die letzten Tische ab, als der Wahnsinn begann. Mit gesträubtem Rückenfell und aufgeplustertem Schwanz begann die Katze zu fauchen. Und dann verwandelte sie sich in einen Wirbelwind. Über Tische und Stühle ging es, ein Sonnenschirm fiel um, ein Blumentopf wackelte bedenklich. Soquette stob durch das offene Küchenfenster. Es klirrte und krachte, und Marie-Claude begann laut zu schimpfen.

Ein Tablett mit schmutzigen Tellern lag als Scherbenhaufen auf dem Boden, als Kelda eintrat. Soquette saß daneben und putzte sich verlegen den Schwanz.

»Unmögliches Biest«, seufzte meine Freundin.

»Es tut ihr leid, siehst du das nicht?«

»Ich weiß, aber sie ist mein Ruin.«

Kelda streichelte das jämmerlich dreinblickende Tierchen.

»Maumauau!«

Katzensorgen

Soquette hätte es den Menschenfrauen zu gerne erklärt, aber natürlich war ihr klar, dass sie weder besonders gut ihre Sprache verstanden, noch dass sie sehen konnten, was sie sah. Es war nämlich nicht ihre Schuld, dass ständig Porzellan und Glas zu Bruch gingen.

Trübsinnig kroch sie unter ihre Lieblingshortensie, die weiße, die so hübsch zu ihren Pfoten passte. Wenn ihr doch nur eine Lösung einfallen würde.

Es war ein Revierkampf. Und in Revierkämpfen kannte sie sich eigentlich aus und blieb meistens Siegerin. Nur hier nicht.

Als sie vor vier Jahren als Tochter einer freilebenden Strandkatze zur Welt gekommen war, bestand das Leben von Beginn an aus Kampf. Schon Maman hatte ihr beigebracht, wie man sein Herrschaftsgebiet markierte und verteidigte. Und als sie entwöhnt war, hatte sie sich einen angenehmen Unterschlupf gesucht, einen Stall mit einem Esel und einer Ziege, die sich nicht viel zu sagen hatten, sie aber ungestört mausen ließen. Hin und wieder hatte sie sich ans Meer gewagt und einem der Angler Fische aus den Eimern stibitzt. Ein Kater fand sich auch eines Tages, und nach gut einem Jahr war sie stolze Mutter von vier Jungen. Die hatte sie in diesen Garten hier geschleppt, und die Frau hatte sie ihr weggenommen und bei anderen Menschen untergebracht, als sie alt genug waren, um ihr eigenes Leben zu führen. Das war so weit in Ordnung. Nicht so in Ordnung war, dass sie sie selbst eingefangen und zu einem Veterinär gebracht hatte.

Diese Zeit wollte Soquette lieber vergessen. Sie hatte geschmollt und war wieder in die Düne gezogen. Vor allem, weil auch im und um das Haus selbst ständig Krach herrschte.

Dennoch fand sie jeden Abend eine Schüssel mit Knabberfutter auf der Terrasse, und weil der Winter eine magere Zeit war, gewöhnte sie sich daran, sich zum Speisen dort einzufinden.

Im Frühjahr wagte sie sich erstmals in die Küche.

Das war richtig gut. Da gab es Köstlichkeiten über Köstlichkeiten.

Mit dem Schmollen hatte sie aufgehört und sich angewöhnt, auf den Namen Soquette zu hören. Söckchen – das passte zu ihr und den hübschen weißen Pfötchen, die sie immer sorgsam sauber hielt.

So weit war das alles gut, und Marie-Claude mochte sie wirklich. Ihre Maman Paulette auch. Und den Mann, der immer mal wieder ein paar Wochen dort lebte, ebenfalls. Sie mochte auch Simon und Yves, die häufig in der Küche saßen und ihr immer ein Häppchen von ihrem Futter abgaben. Vorzugsweise fetten Käse. Manche Gäste mochte sie nicht, aber es war ihr ein Leichtes, denen aus dem Weg zu gehen.

Wem es nicht gelang, ihr aus dem Weg zu gehen, war Gwenaëlle.

Gwenaëlle war ein Miststück. Ein spitzohriges, hämisches, braunhaariges Miststück, das darauf bestand, dass das Haus ihr gehörte, weil sie früher da war als Soquette und die Menschen und alles und darum Vorrechte genoss.

Dabei tat sie überhaupt nichts für die Bewohner. Weder beschnurrte sie sie, wenn sie müde oder traurig waren, noch strich sie ihnen zur Begrüßung liebevoll um die Beine, und Mäuse brachte sie auch nicht mit. Sie hing einfach immer irgendwo im Zimmer oder im Garten herum, sang sich komische Lieder, und wenn Sturm war, heulte sie im Kamin.

Vor allem aber kam sie jeden Tag in der Morgen- wie in der Abenddämmerung aus ihren Ecken und machte Soquette das Futter streitig.

Nicht alles, aber die Sahne.

Es war zum Kotzen.

Es führte jedes Mal zu Streit, weil Gwenaëlle sie am Schwanz zog, sowie sie ihre Zunge in die Schüssel tauchte. Oder sie piekste sie in den Hintern. Oder kniff ihr in die Ohren. Und dann lief sie weg, und Soquette musste hinterher. Über Tisch und Stühle – ja, und dabei fielen manchmal Sachen zu Boden. Weil diese dämliche Korrigane sie umschubste.

Die, nicht sie – Soquette.

Und während sie dann gescholten wurde, schleckte diese Miniatur-Schreckschraube das Schüsselchen leer.

War nett, dass diese neue Frau, die Kelda, sie trotzdem gestreichelt und getröstet hatte.

Scherbenhaufen

Kelda hatte auch am nächsten Tag lange geschlafen, ein wunderbares Frühstück vorgesetzt bekommen und dann für Marie-Claude einige Einkäufe erledigt. Als die ersten Gäste kamen, half sie ihr auch wieder bei dem Mittagsansturm. Zu ihrer großen Freude brachte Paulette ihr dabei bei, wie man den Crêpe-Teig hauchdünn gebacken bekam, ohne dass er anbrannte. Na gut, nicht jedes Mal. Die vier Veteranen machten zwar launige Bemerkungen darüber, beschwerten sich aber nicht. Die meisten Gäste waren in sommerlich-entspannter Stimmung und genossen die Kreationen der Küche. Soquette schlich zwischen den Tischen herum und bekam hier und da ein Stückchen Fisch zugesteckt, verschmähte jedoch klugerweise Crêpes mit Schokoladensoße, war aber einem Finger voll Schlagsahne nicht abgeneigt.

Gegen zwei Uhr aber stiegen aus dem Kelda wohlbekannten Wohnmobil drei junge Männer und drei kichernde Surf-Groupies. Sie waren ein echter Anblick – braun gebrannte, durchtrainierte Männer, einer mit langen Rastalocken, der andere mit einem schwarzen Pferdeschwanz und passendem Bartschatten, der dritte, Matt, ein wahrer Teutone mit sonnengebleichten Blondlocken.

»Hallo, Kelda, kriegen wir was zu essen bei euch?«, rief er quer über die Terrasse.

Sie ging auf sie zu. »Sicher, ich schiebe euch zwei Tische zusammen.«

Die Jungs packten mit an, die Mädchen sonnten sich in den gierigen Blicken der Veteranen. Ihre Shorts waren Kunstwerke des Minimalismus, unter ihren knappen Tops wippten jugendlich straffe Brüste. In ihren Köpfen hatte aber offensichtlich die hochstehende Mittagssonne schon bleibende Schäden angerichtet. Sie giggelten bei jedem Wort, das einer ihrer Begleiter von sich gab. Kelda nahm ihren Block und versuchte, einigermaßen geordnet die Bestellung aufzunehmen. Man hatte offensichtlich die Absicht, sich einmal durch die Karte zu fressen.

»Dein Ex«, sagte Marie-Claude, als sie in die Küche trat. »Nicht sehr angenehm für dich, was?«

»Nein, nicht angenehm. Ich weiß nicht …«

»Wirst du wieder weich?«

»Bin ich nicht ein bisschen zu hart?«

Ihre Freundin schaute von dem Salat auf, den sie gerade anrichtete. »Er wohnt bei dir auf deine Kosten, er bestimmt, wie du den Urlaub zu verbringen hast, er lässt sich von dir bei den Seminararbeiten helfen, er schmust da gerade sehr öffentlich mit einem der kleinen Hohlköpfchen herum. Ich wüsste nicht, warum du dir das alles gefallen lassen musst. Ist es Liebe?«

»Gehört das nicht zur Liebe dazu?«

»Sich ausnutzen zu lassen? Ja, es gibt solche Frauen. Ich habe dich bisher nicht für so ein Weibchen gehalten, Kelda. Liebe kann sich an solchen Dingen zerreiben. Du bist erwachsen geworden, er ist ein Junge geblieben.«

Kelda stellte Gläser und Flaschen auf ein Tablett. »Das ist dein Eindruck?«

»Die ganze Zeit schon.«

Mit einem unterdrückten Seufzer brachte sie die Getränke an den Tisch und beobachtete die Runde. Matts Aussehen hatte sie einst angezogen. Er hatte einen offenherziges Wesen und einen jungenhaften Charme – den er jetzt gegenüber den Groupies spielen ließ.

Sie ignorierte es und schenkte die Gläser ein. Rotwein in der Sonne, dachte sie, wird euch nicht gut bekommen.

»Setz dich doch zu uns, Kelda«, schlug Matt vor und zog an ihrem Schürzenband.

»Tut mir leid, aber wenn ihr etwas zu essen haben wollt, dann musst du mich schon loslassen.«

»Machst du hier den Affen?«

»Ich helfe Marie-Claude. Immerhin wohne ich ja bei ihr kostenlos.«

»Im Womo ist noch immer Platz für dich.«

Ein giftiger Blick der Rothaarigen an seiner Seite traf auf Kelda.

»Wie ich schon erklärte, Matt: nein.« Kelda entwand sich ihm und kehrte in die Küche zurück.

Marie-Claude hatte recht, dachte sie. Er war ein Junge geblieben. Er merkte noch nicht einmal, dass sich etwas geändert hatte.

Die erste Portion Vorspeisen war angerichtet, sie nahm das nächste Tablett auf. Während sie die Teller und Schüsseln auf den Tisch stellte, legte Matt seinen Arm um ihre Taille.

Wieder machte sie sich los.

»Hab dich doch nicht so«, grummelte er.

Kelda sagte nichts mehr dazu. Die vier Alterchen winkten ihr mit dem Cidre-Krug zu, sie nickte. Das Futter zähmte die Meute, sie brachte neue Getränke, verkniff sich jede Bemerkung zum Rotwein-Konsum, räumte den Tisch ab, brachte neue Teller, nahm weitere Bestellungen auf, und gegen halb vier waren die sechs endlich gesättigt. Sie standen auf und wollten gehen.

»Matt!«

»Ja, Kelda?«

»Wer zahlt die Rechnung?«

»Wieso Rechnung? Deine Freundin hat uns doch eingeladen.«

Das stimmte insoweit, als Marie-Claude sie und ihn am ersten Tag umsonst bewirtet hatte.

»Ich wüsste nicht, aus welchem Grund sie dich und vor allem deine Freunde durchfüttern sollte. Zahlst du, oder geht es getrennt?«

»Hey, Matt, was soll denn der Scheiß?«

»Frag mich nicht. Was zickst du denn so rum? Der Laden geht schon nicht zugrunde, wenn ihr mal einen Happen umsonst spendiert.«

»Matt, zahlen! Oder soll ich euch wegen Zechprellerei anzeigen.«

»Sag mal, spinnst du?« Ganz klar war seine Aussprache nicht mehr.

»Hinsetzen, ich hole die Rechnung. Getrennt oder übernimmst du das?«

»Mann, bin ich Krösus?«

»Weiß ich nicht. Jedenfalls hast du deine Bekannten hierhergebracht. Also – du bekommst die Rechnung, macht die Aufteilung unter euch aus. Wir nehmen auch Karte.«

Kelda streckte die Hand aus, Matt nahm sein Glas und schüttete ihr den Rest Rotwein über die Bluse.

Die vier Veteranen standen auf.

Was sie sagten, verstand sie nicht besonders gut. Das hiesige Argot war ihr nicht geläufig, wohl aber der Ton. Und der sprach von blumenreichen Beleidigungen.

Der Rastalockige reichte ihr seine Kreditkarte.

Kelda eilte in die Küche, um den Betrag abzubuchen und ihm die Rechnung auszudrucken. Wenigstens einer der Jungs hatte noch einen kleinen Sinn für Anstand. Sie beeilte sich, beides zurückzubringen, bevor es zu Handgreiflichkeiten kam. Die Alten hatten sich so vor dem Tisch aufgebaut, dass keiner der anderen gehen konnte, ohne sie derb zur Seite zu stoßen. Eine vermutlich oft geübte Taktik. Sie nickte ihnen zu, gab dem Rastaboy Karte und Rechnung mit einem trockenen Danke und bat die kampfbereiten Veteranen leise, vom Tisch zurückzutreten.

Sie taten ihr den Gefallen, und Matt samt Clique standen auf. Allerdings stolperte Matt so ungeschickt – oder so geschickt –, dass der Tisch mit all seinen Tellern und Gläsern umkippte.

»Einen schönen Tag noch, liebe Kelda!«, höhnte er.

Sie betrachtete den Scherbenhaufen. Von irgendwoher klang ein triumphierendes Miauen, und als sie in die Richtung sah, aus der es kam, erkannte sie Soquette auf dem First des Anbaus sitzen. Sie putzte sich den Schwanz, hob einmal kurz den Kopf und blinzelte ihr zu.

»Okay, Soquette, das ging nicht auf deine Rechnung. – Ich danke Ihnen, meine Herren«, sagte sie zu den Veteranen.

»Hat uns Spaß gemacht, was, Didier? Wisst ihr noch, damals …«

Wehmütige Erinnerungen an Kneipenschlägereien kamen auf, als sie sich an ihren Tisch verzogen. Kelda spendierte ihnen das nächste Pichet Cidre und räumte den Scherbenhaufen auf.

»Mist«, sagte Marie-Claude.

»Ja, ich weiß. Ich ersetze dir das Geschirr.«

»Brauchst du nicht, Kelda. Das war nicht deine Schuld. Randalierer gibt es immer mal wieder. Und du hast sie dazu gebracht zu zahlen.«

»Es ist zum Kotzen, Marie-Claude. Matt führt sich auf wie der letzte Idiot.«

»Sein Weltbild ist erschüttert, Kelda. Er hat dich für eine sichere Bank gehalten, und du hast ihm den Teppich unter den Füßen weggezogen. Ich fürchte, er wird dir noch weiter Schwierigkeiten machen.«

»Ich werde abreisen.«

»Und dann? Dann kreuzt er in deiner Wohnung auf, und das Spiel geht weiter.«

Müde setzte sie sich auf die Eckbank. »Stimmt, das ist nicht die Lösung.«

»Kelda, bleib hier, geh ihm aus dem Weg, und wenn du nach Hause kommst, tauschst du die Schlösser aus und stellst ihm seinen Koffer vor die Tür. Obdachlos wird er ja nicht – er kann in seinem Wohnmobil leben, bis er eine eigene Wohnung gefunden hat.«

»Eine überdenkenswerte Idee. Gut, ich bleibe hier, aber das Geschirr musst du mich ersetzen lassen.«

Plötzlich grinste Marie-Claude. »Dann mach deinen Bußgang – zu Yves *Truc et Puces*. Such mir ein schönes Service aus. Wenn möglich, gleich mit Gläsern.«

»Vom Trödelmarkt?«

»Lass dich überraschen. Wenn ich Zeit hätte, würde ich dich begleiten, aber heute Nachmittag kommen der Weinhändler und der Klempner.«

»Also gut, aber ich brauche deinen Wagen.«

»Der Schlüssel liegt auf der Kommode.«

Gerümpel

Simon reichte Xavier eine letzte Kiste zu, dann war der Speicher endlich leergeräumt. Unglaublich, welche Mengen von Dingen sich im Laufe der Jahre in den alten Häusern anhäuften. Es sollte einem eine Mahnung sein, sich selbst nicht mit unnötigem Zeug zu belasten. Es reichte, was man so an Erinnerungen mit sich herumschleppte.

Xavier stand in dem leeren Raum und sah sich um. Simon vermutete, dass er weder die feuchten Stellen betrachtete, die durch das undichte Dach entstanden waren, noch die staubigen Spinnwebgirlanden, die sich unter dem – immerhin soliden – Gebälk entlangzogen. Ziemlich genau hundert Jahre war die Villa alt, gebaut in der Zeit, als Brignogan zu einem vornehmen Seebad aufgestiegen war.

Alte Häuser hatten Simon schon immer gereizt, ein Grund, warum er Architektur studiert hatte. Alte Häuser erzählten Geschichten, sie zeigten, wie die Erbauer einst gedacht hatten, was ihnen wichtig war. Diesen hier war Repräsentation wichtig. Späteren Bewohnern hatten andere Dinge mehr bedeutet, sie hatten Um- und Anbauten vornehmen lassen. Nicht alles stilistisch einwandfrei, manches originell, einiges einfach grässlich. Mit den jetzigen Besitzern hatte er vereinbart, so weit wie möglich den ursprünglichen Zustand wiederherzustellen.

Dass das Gerümpel dazu entfernt werden musste, war ein Nebeneffekt, der vor allem Yves interessierte.

»Und, Xavier? Gute oder böse Geister?«

Der alte Mann zuckte mit den Schultern. »Ein beinahe

leeres Haus. Kaum etwas zu spüren. Bringen wir die Kisten nach unten.«

Sie beluden Yves' Lieferwagen, auf dem der rote Doppeldeckerbus abgebildet war, der zu seinem Markenzeichen geworden war.

Yves Kerjean hätte sich ein Haus leisten können, aber er wohnte lieber in diesem Bus, den er nach seinen Ansprüchen umgebaut hatte. Allerdings nur während der Sommermonate, im Herbst ging Yves auf Reisen. Inzwischen war er fast fünfzig, und es gab nicht viele Winkel dieser Welt, die er noch nicht gesehen hatte, vermutete Simon. Ihn hatte er in Lissabon aufgegabelt, in seiner schwärzesten Zeit, in einer heruntergekommenen Kaschemme. Warum auch immer er es sich zur Aufgabe gemacht hatte, einen misslaunigen, streitsüchtigen Deutschen dort herauszuzerren, ihn auszunüchtern, ihn unter die Dusche zu stellen und mit Brot und salziger Butter zu füttern, war ihm noch immer ein Rätsel. Aber alles zusammen hatte geholfen.

Mehr noch hatte es Simon geholfen, mit Yves zurück in die Bretagne zu fahren, dahin, wo alles angefangen hatte. Deshalb war er zunächst einmal geblieben, wenn auch noch immer antriebslos und ohne Ehrgeiz. Doch Yves hatte ihn gnadenlos zu den Haushaltsauflösungen mitgeschleppt.

»Wenn du schon kein Hirn hast, mit dem du was anfangen kannst, dann setz wenigstens deine Muskeln ein!«, hatte er befohlen.

Zwei Monate hatte Simon bei ihm in dem Bus mitgehaust, dann hatte er ein paar Wochen in dem Fischerhaus gewohnt, das Yves hin und wieder als Feriendomizil vermietete, und mit der Entrümpelung von Marie-Claudes *Marée bleue* war dann wirklich wieder sein Wunsch erwacht, alte Häuser zu sanieren.

Die Zeit, als er an der Loire in denkmalgeschützten

Schlösschen gearbeitet hatte, versuchte er zu vergessen. Genau wie Bernice.

Mit Frauen hatte er kein Glück.

Aber geschäftlich ging es ihm nun wieder gut, und eigentlich hätte er auch seine Suche wieder aufnehmen können. Aber irgendwie war dieser einst so drängende Antrieb seither auf der Strecke geblieben. Irgendwo hier in der Gegend befand sich das Haus seines Großvaters, das er laut Testament geerbt hatte. Nur hatte er eine wenig verständliche Ortsangabe dazu gemacht. Als Simon vor neun Jahren das erste Mal in diese Gegend gekommen war, hatte er alles, was an Aufzeichnungen in der Gemeinde und den Kirchenbüchern zur Verfügung stand, untersucht. Aber entweder lag er mit seiner Vermutung völlig falsch, oder sein Französisch war nicht gut genug, um die Eintragungen richtig zu interpretieren.

Tja, und dann war Bernice gekommen, und wie Yves schon ganz richtig angemerkt hatte, war sein Hirn in gewisser Weise flöten gegangen.

Sie fuhren die Küstenstraße entlang, und mit einem Seitenblick erkannte Simon, dass die Wildcamper noch immer im Naturschutzgebiet hausten. Seine geknurrte Bemerkung erwiderte Xavier mit einem krächzenden Lachen.

»Morgen sind sie weg. Hab gehört, dass es Beschwerden gab.«

Simon überlegte, dass er Kelda, nein, besser Marie-Claude davon in Kenntnis setzen sollte. Mochte ja sein, dass Kelda sich wieder mit diesem Matt vertragen hatte.

Wie konnte eine intelligente Frau sich nur mit so einem Affen abgeben? Bittere Galle kam in seiner Kehle hoch. Bernice hatte solche Schönlinge auch bevorzugt. Waschbrettbauch, Zweitagebart, hohle Birne, aber ausdauernd im Bett.

Seine Laune verfinsterte sich zusehends. Und sie wurde auch nicht besser, als er Marie-Claudes Wagen hinter seinem Offroader geparkt sah.

Luc le Gamache

Kelda bemerkte den roten Doppeldeckerbus natürlich sofort und parkte am Rand des Feldwegs, wo auch Simons Offroader stand. Das Gelände des Freiluft-Flohmarktes war etwa fußballplatzgroß. Eine Wiese, auf der sich unter Zeltplanen, Sonnensegeln und Schirmen, aber auch ganz einfach im Freien auf Tischen oder auf dem Boden eine geradezu unüberschaubare Menge Zeug befand. Dazwischen wanderten schon einige Besucher umher, die immer mal wieder etwas hochhoben, begutachteten, wieder wegstellten oder zu dem Stand mit der Kasse brachten, hinter der Yves stand, der gerade gestenreich mit zwei Touristen verhandelte.

Sie sah sich um und fragte sich, ob es eine Ordnung in diesem Chaos gab. Langsam schlenderte sie an einem Tisch vorbei und stellte fest – ja, es gab eine Ordnung. Sie befand sich in der Spielzeugabteilung. Eine ramponierte Puppenstube, räudige Plüschteddys, Puppen, die des dringenden Besuchs des Puppendoktors harrten, bunte Bauklötze, ein paar wunderschöne alte Bilderbücher, Barbie in dürftigem Strandlook, ein hübscher alter Puppenwagen aus Weidengeflecht – wirklich alles und jedes, von Müll bis zu wahren Schätzchen war hier zusammengewürfelt. Kelda war fasziniert und nahm sich die nächste Reihe vor. Nautisches bot sich hier. Ein Kompass, der den Norden verlassen hatte, ein Fernrohr, mit dem wohl schon Nelson den Horizont abgesucht hatte, viel stumpfes Messing, eine schimmernde Mahagonikiste mit Sextant – ein Fundstück ohnegleichen. Etliche Schiffsglocken hingen verführerisch vom Gestänge des Zeltes. Sie unterdrückte den Drang, eine davon zu läuten. Wer wusste schon, welche Geister man damit rief. Vermutlich viele, und alle wollten eine Lokalrunde von ihr.

Mit technischem Gerät ging es in der nächsten Reihe weiter. Bügeleisen, mit Kohle zu befeuern, rostige Toaster, ein alter Volksempfänger – lebende Geschichte auch hier. Eine uralte Typenhebel-Schreibmaschine, auf der vermutlich Sartre schon seine Finger gewetzt hatte, begeisterte sie, ein Staubsauger der ersten Generation, mehrere Haartrockner, denen sie ihre Frisur nicht anvertrauen würde, zur Ergänzung ein Set elektrischer Lockenwickler – Kuriositäten samt und sonders. Kelda hätte Stunden in Aladins Schatzhöhle verbringen können, aber sie hatte ja einen Auftrag. Also machte sie sich auf die Suche nach der Haushaltswarenabteilung. Ein Teil davon war auf langen Tischen unter freiem Himmel ausgebreitet. Es blinkten Schliffgläser, Karaffen, Kristallvasen, Aschenbecher und Salzfässchen. Die Gläser notierte sie sich im Geiste. Es gab recht viele, die zusammenpassten. Dann aber kam sie zum Geschirr, und hier wollte sie ihren Augen nicht trauen. Marie-Claude hatte einfache Steingutteller verwendet, blaue und weiße. So etwas Ähnliches wollte sie auch wieder erstehen, aber erstens gab es davon nicht viele, und zweitens überwältigte sie, was sie hier vorfand. Sehr vorsichtig hob Kelda eine mit zarten Veilchen bemalte Untertasse. Ihr vager Verdacht bestätigte sich: Limoges. Ein komplettes Limoges-Service für zwölf, wenn nicht mehr Personen stand hier einfach so unter freiem Himmel. Ein Vermögen musste das mal gekostet haben. Sie ging wie im Traum weiter. Zwischen Abscheulichkeiten aus den sechziger Jahren und gnadenlosem Kitsch fand sie immer wieder neue Kostbarkeiten. Wedgewood, Meißen, Sèvres …

Während Kelda schwelgte, traf ein Lieferwagen ein,

staubig wie alles hier, und zu ihrer Überraschung stiegen Simon und ein Gnom aus. Der Gnom mochte demselben Jahrgang angehören wie die vier Veteranen, eine verwitterte, o-beinige Gestalt in ausgebeulten Hosen und der obligatorischen Kappe auf dem Kopf. Sie entluden weitere Kisten. Kelda näherte sich neugierig. Noch mehr Schätze?

Als sie Simon fröhlich begrüßen wollte, bemerkte sie seine sauertöpfische Miene und bremste ihren Überschwang. Nüchtern wünschte sie ihm einen guten Tag.

Er stellte die letzte Kiste auf den Boden, nickte ihr zu und fragte, ebenso nüchtern: »Auf Schnäppchenjagd?«

»Ja, aber nicht für mich. Es gab wieder einmal Scherben bei Marie-Claude.«

»Soquette?«

»Aber nein. Die Süße war heute ganz ruhig. Die neuerliche Vernichtung von Geschirr und Gläsern im großen Umfang haben wir leider Matt und Co zu verdanken. Zu viel Rotwein in der Mittagshitze.«

Kelda spürte, dass ihr Ärger über den Vorfall sich wieder in ihr ausbreitete. Simons Miene hingegen hellte sich unerwarteterweise auf. Er schien sich sogar darüber zu amüsieren.

»Schlechte Kombination – Rotwein und Sonne. Das hier ist Xavier«, stellte er ihr den Gnom vor, der sich schwungvoll verbeugte.

»Wo bekommt ihr nur all dieses Zeug her?«

»Haushaltsauflösungen. Hast du was gefunden? Geschirr gibt es immer haufenweise. Hier sind auch wieder drei Kisten voll.«

»Limoges, Sèvres, Meißen … Ich brauche aber etwas, das für ein Bistro geeignet ist. Steingut, Fayencen oder so was.«

»Wieso kann man Crêpes nicht von Limoges essen?«

Ja, wieso eigentlich nicht?, fragte sich Kelda. Es würde dem *Marée bleue* eine ganz eigene Note geben.

»Ist das denn erschwinglich?«

»Yves verkauft es nach Stück. Du solltest mit ihm handeln, er schuldet dir noch was wegen des baufälligen Hauses.«

Die Versuchung war ungeheuerlich. Aber was würde Marie-Claude dazu sagen?

Das Veilchenmuster hatte es Kelda angetan. Und die Kornblumen von Sèvres sowie das Geschirr mit Rosen und Vergissmeinnicht. Von allem war reichlich vorhanden, wenn auch die Service nicht vollständig waren. Aber auf Saucieren und Zuckerdöschen konnte man vielleicht wirklich verzichten.

Sie begab sich also zu Yves, der sich mit Händen und Mimik einem englischen Ehepaar verständlich zu machen versuchte. Simon folgte ihr und stellte sich als Dolmetscher zur Verfügung. Die Herrschaften waren leicht zufriedengestellt. Ein schauriges Seestück – die Wellen schlugen hoch über dem Wrack zusammen – wechselte den Besitzer, und Yves strahlte Kelda an.

»Madame Kelda, haben Sie etwas Hübsches gefunden?«

»Einiges, Yves, und nun handeln wir!«

Er strahlte noch breiter. Eigentlich hatte sie keine Übung im Handeln, aber als die Situation festgefahren war, sprang Simon ein, der von ihrer schlimmen Nacht neben dem toten Jerôme mit düsterer Stimme sprach und die schrecklichen Alpträume heraufbeschwor, die sie seither verfolgten. Kelda spielte so gut sie konnte mit. Klagte über schlaflose Nächte und Panikattacken, Simon murmelte »Schadensersatz« und sie »Nachlass«.

Leider hatte Kelda ständig Mühe, ihre Erheiterung zu verbergen, und als sie sich schließlich auf einen moderaten Preis für die vierzig Teller geeinigt hatten, rief Yves den Gnom namens Xavier herbei und beauftragte ihn, das Porzellan in die Kisten zu verpacken.

»Kisten?«, fragte sie.

»Ihre Limoges-Teller in die eine, das Sèvres in die andere. Von jedem vierzig.« Dann grinste er. »Mengenrabatt! Außerdem wird Simon Sie jetzt ins Café einladen.«

»Ach ja?«

»Einen kleinen Schaden soll er ja auch haben.«

»Die Idee ist nicht schlecht. Ich helfe dir, das Zeug einzuladen, dann fahren wir nach Brignogan«, meinte Simon.

Warum nicht?, dachte Kelda. Sie hatte sich sowieso mit ihm unterhalten wollen – um alter Zeiten willen. Sie stieg also ein und schloss hinter seinem Wagen auf. Während der kurzen Fahrt erinnerte sie sich an ihre Bekanntschaft, die vor achtzehn Jahren begonnen und ziemlich genau vor zehn Jahren geendet hatte. Keldas Eltern waren umgezogen, als sie vierzehn war. In der neuen Nachbarschaft wohnte Simon, damals siebzehn, mit seiner Mutter. Sie besuchten dieselbe Schule, weshalb sie sich täglich auf dem Weg dorthin begegneten. Doch er bereitete sich schon auf das Abitur vor und war mit ganz anderen Leuten unterwegs als sie. Erst zwei Jahre später fiel ihr auf, dass er irgendwie immer wieder ihre Wege kreuzte. Sie hatte dem wenig Beachtung geschenkt, sie war mit ihrer ersten großen Liebe beschäftigt. Simons Anhimmelei jedoch half ihr und ihrem Stolz ein halbes Jahr später, als sie in dem zu der heftigen Liebesaffäre passenden herzzerreißenden ersten großen Liebeskummer schwelgte. In diesen Wochen war sie ein paarmal mit Simon ausgegangen, aber mehr als ein freundschaftliches Gute-Nacht-Küsschen an der Haustür war nicht daraus geworden. Der Liebeskummer klang ab, andere Aufgaben und Interessen nahmen seinen Platz ein. Sie beide studierten, trafen sich zwar auch hin und wieder auf eine Pizza oder so, aber mehr wurde nicht daraus, weil Kelda den mageren, schüchternen Simon zwar mochte, aber keinerlei Funken zwischen ihnen übersprangen. Dann verbrachte sie ein Jahr in Nantes, und als sie zurückkam, war Simon ebenfalls nach Frankreich gegangen, wie sie von seiner Mutter erfuhr.

Sie beendete ihr Studium, bekam ihre erste Stelle, zog um, traf auf Matt … kurzum, Simon war aus ihrem Leben verschwunden. Kaum mehr als zwei, drei Mal hatte sie während der vergangenen Jahre an ihn gedacht.

Eigentlich spannend, ihn jetzt wiederzutreffen, stellte sie fest. Dass er Architektur studiert hatte, hatte sie gewusst. Was ihn dauerhaft nach Frankreich verschlagen hatte, würde sie gleich erfragen.

Simon hielt an dem langen Parkstreifen am Kai, sie stellte sich daneben und sah zu dem dreistöckigen Haus auf, das sich mit dem einfallsreichen Namen »Café du Port« schmückte.

»Dann wollen wir sehen, wie das Hafenwasser hier mundet«, sagte sie, als sie zu Simon ging, der auf sie wartete.

»Setzen wir uns da vorne in den Schatten?«

Sie fanden einen Platz mit Ausblick auf die halbrunde, leider sehr algenverseuchte Bucht, in der kleine, bunte Fischerboote dümpelten. Von dem mondänen Seebad des frühen zwanzigsten Jahrhunderts war hier nicht mehr viel zu erkennen.

»Was hat dich hierhin verschlagen?«, fragte Kelda, nachdem sie ihren Eiskaffee bestellt hatte. »Lebst du dauerhaft hier oder nur für einen Auftrag?«

Simon räusperte sich, streckte seine langen Beine aus und antwortete, wie ihr schien, etwas zögernd.

»Ich habe vor zwei Jahren eine Firma in Saint Pol gegründet – Altbausanierungen.«

»Und davor? Ich meine, du bist doch schon vor Jahren nach Frankreich gegangen, hat mir damals deine Mutter erzählt.«

Er hob die Schultern. »Vorher habe ich bei einer Denkmalschutz-Gesellschaft gearbeitet. Schlösschen an der Loire waren ihre Spezialität.«

Offensichtlich war mehr dazu nicht aus ihm herauszubekommen. Kelda erinnerte sich, dass er ebenfalls ziemlich wortkarg sein konnte, aber jetzt wollte sie das Gespräch nicht versickern lassen.

»Inzwischen ziehst du die rustikaleren Bauten in der Bretagne vor?«

Er zuckte noch einmal mit den Schultern. »Sie haben ihren Reiz.«

Er wollte wohl nicht mehr ins Detail gehen, also wechselte sie das Thema und erzählte ihm, was sie von dem goldzahnigen Filou Jerôme in Erfahrung gebracht hatte, und schloss ihren Bericht mit der Feststellung: »Diese Alterchen, die sich mittags bei Marie-Claude einfinden, sind richtige Schwatzbasen. Sie schwelgen in dem Klatsch und Tratsch über frühere Skandale. Aber das ist vermutlich verzeihlich, denn die Zeit von der Jahrhundertwende bis zum Ende des Zweiten Weltkriegs war für diese beschauliche Region ziemlich aufregend.«

Simon lächelte endlich. »Ich weiß nicht, Kelda. Beschaulich ist es in der Bretagne eigentlich nie gewesen. Es ist ein rechter Rebellenhaufen, der hier lebt.«

»O ja!« Sie grinste. »Streitsüchtig, dickköpfig, kampflustig. Du hättest die vier Veteranen erleben müssen, als sie heute Mittag Matt und seine Surferkumpels angemacht haben.«

»Und sie haben nur Angst davor, dass ihnen der Himmel auf den Kopf fällt.«

Jetzt grinste er auch. »Wusstest du, dass meine Familie von hier stammt?«

»Nein, das wusste ich nicht. Willst du damit sagen, dass Rebellenblut in deinen Adern fließt?«

»Ein Tröpfchen oder zwei.«

Er hatte ein ansprechendes Grinsen, fand Kelda. Ein bisschen gefährlich. Das war ihr früher nie aufgefallen.

»Dann leg doch endlich die Karten auf den Tisch, Simon«, forderte sie ihn daher auf. »Ich habe dir schließlich auch von meinem Filou erzählt. Was für einer gehört zu deiner Familie?«

»Luc le Gamache.«

Sofort stand das Bild eines schwarzhaarig pomadisierten Herrn mit schmalem Moustache, weißem Anzug und Kreissäge, die Zigarette lässig im Mundwinkel, vor Keldas innerem Auge.

»Du nimmst mich auf den Arm.«

»Aber nein, Luc le Gamache war mein Großvater. Allerdings hat er seine, sagen wir nicht ganz legale Karriere aufgegeben, bürgerlich geheiratet und sich fürderhin Lukaz Tobant genannt.«

»Hast du deine Familie hier aufgesucht?«

»Ich habe sie gesucht, ja. Aber nicht gefunden. Das war übrigens der Grund, warum ich damals nach dem Studium nach Frankreich gegangen bin.«

»Und geblieben bist?«

»Auch.« Er winkte der Bedienung und bestellte ihnen noch einen Eiskaffee. Kelda hob eine Braue und schielte auf ihre Taille. Aber Simon hatte ihre Neugierde geweckt, und sie hatte schließlich Urlaub. Neugierig fragte sie: »Hast du herausgefunden, wie dein Großvater zu dem schönen Namen Luc le Gamache kam?«

»Oh, das wusste ich sogar schon vorher. Als kleiner Junge habe ich mit Begeisterung seinen Geschichten zugehört. Ich wollte dir davon schon damals erzählen, aber es ergab sich nie die Gelegenheit.«

»Wirkte ich so sittenstreng auf dich?«

»Unnahbar.«

Diese Bemerkung verblüffte Kelda. Sie hatte sich eigentlich für recht umgänglich gehalten.

»Unnahbar? Tatsächlich. Also, Simon, mag ja sein, dass ich dir gefühllos vorkomme, nur weil ich, ohne in hysterische Schreie auszubrechen, neben Jerômes Knochen die Nacht verbracht habe …«

Er schüttelte lächelnd den Kopf. »Nein, das hat mich beeindruckt. Wenn du ein bisschen Zeit hast, erzähle ich dir gerne von meinem Großvater.«

»Ich habe Urlaub. Und du kannst offensichtlich über deine Zeit verfügen, wie du möchtest.«

»Nicht immer, aber jetzt.«

Die Getränke wurden ihnen an den Tisch gebracht, und Kelda rührte mit dem Strohhalm in dem Kaffee herum.

»Na, dann los – *L'histoire de Luc le Gamache!*«

»Aus Großvaters Geschichten habe ich entnommen, dass sein Vater aus einer Küstengegend stammte. Wo genau sie lebten, habe ich nicht ausfindig machen können. Er selbst hat keine präzisen Angaben dazu gemacht. Aber seine Familie verdiente sich – wie hier üblich – ihr Geld mit Fischerei, Algensammeln und natürlich Schmuggel.«

»Klar, das hat ja Tradition.«

»Luc ging bei seinem Vater in die Lehre – in jeder dieser drei Disziplinen. Sowie er mit anpacken konnte, fuhr er mit ihm auf ihrem Logger nach Guernesey hinaus, um Tabak zu schmuggeln. Mit vierzehn ereilte ihn jedoch ein Unglück – sie erlitten Schiffbruch, sein Vater ertrank, Luc wurde nach einigen Stunden von einem anderen Schmuggler aus dem Meer gefischt.«

»Auch Schiffbruch hat hier Tradition – sind sie an den Felsen gescheitert?«

»Nein, dem Boot war ein Leck zugefügt worden.«

»Bitte?«

»Jemand hatte es so präpariert, dass es auf See volllaufen musste.«

»Mord? Wer hat ihn umbringen wollen?«

»Er wollte nie davon erzählen, es muss ein traumatisches Erlebnis gewesen sein. Er hat seinen Vater dabei verloren.«

»Das, Simon, kann ich mitfühlen.«

»Richtig, du hast ja auch Schiffbruch erlitten.« Simon spielte verlegen mit seinem Löffel. »Ich war vorgestern ziemlich unsensibel, nicht wahr? Dir Leichtsinn vorzuwerfen?«

»Schon gut. Wir sind lediglich gekentert. Die See war ruhig, ich hatte eine Schwimmweste an. Wahrscheinlich hätte ich es schon noch irgendwie geschafft, an einer flachen Stelle an Land zu kommen. Ich bin eine gute Schwimmerin. Aber die Strömung zog uns mächtig in Richtung Felsen.« Kelda biss sich auf die Lippen. »Ich hatte Todesangst.«

»Das glaube ich dir unbesehen.«

»Und besonders gerne werde ich mich zukünftig daran auch nicht erinnern.«

»Aber nicht dem Wassersport entsagen?«

»Für diesen Urlaub schon. Ich wollte mir ohnehin das Land genauer ansehen. Es ist so reizvoll und birgt einen ganz eigenen Zauber.«

»Das sagte mein Großvater auch immer. Aber dennoch ist er nie wieder hierher zurückgekehrt. Stattdessen schloss er sich den Männern an, die ihn gerettet hatten, Schmuggler, die von Guernesey aus mit England ihren Handel trieben. Ich vermute, es entsprach seinem Sinn für Abenteuer, und ganz offensichtlich hat er sich, so jung er auch war, beständig nach oben gearbeitet. Der Erste Weltkrieg bot natürlich ein reiches Betätigungsfeld für den Schwarzhandel, und 1920 hatte er sich den Namen Luc le Gamache redlich verdient, trug weiße Anzüge und rauchte türkische

Zigaretten. Seine Vorliebe galt den Gamaschen, die von zärtlichen Frauenhänden bestickt waren.« Simon lächelte wieder. »Ich muss dir mal ein Foto von ihm zeigen.«

»Unbedingt.«

»Er war nicht nur auf sein Äußeres bedacht, er war auch geschäftstüchtig und hatte bald genügend Kapital beisammen, um sich in Plymouth als ehrbarer Spirituosenhändler anzusiedeln.«

»Ehrbar? An einem Küstenort?«

»Nach außen schon. Besonders vertrauenswürdige Kunden erhielten jedoch auch immer mal wieder ein Fässchen zollfreien französischen Cognac.«

»Gute Beziehungen haben sich schon immer ausgezahlt.«

»Ja, er trug einiges an Vermögen zusammen, und er hatte sogar das Glück, dass er sein Kapital retten konnte, als er 1930 etwas überstürzt nach London abreisen musste.«

»Manchen Freunden kann man einfach nicht trauen.«

»Seine Worte. Ich merke, du hast Verständnis für seinen Lebenswandel.«

»Ja, deshalb nehme ich an, er wird in London wieder auf die gamaschenumhüllten Füße gefallen sein.«

»Mit Wagemut und Geschäftssinn. Der Zweite Weltkrieg zog am Horizont herauf, und es gelang ihm – frag mich nicht wie –, sich als Spirituosenlieferant eines Offizierskasinos zu etablieren.«

»Ein krisenfester Job!«

»Wohl wahr. Er war so beliebt, dass er sogar die Besatzungstruppen nach Deutschland begleitete, und hier schlug dann die Liebe zu. So nannte er es zumindest immer. Er war schon siebenundvierzig, als er sie kennenlernte – die Tochter eines Schiffsausstatters in Bremen. Viel Zeit ließ er sich nicht, zwei Jahre, nachdem er deutschen Boden betreten hatte, kam sein Sohn Henry auf die Welt, drei Jahre später seine Tochter Jenny.«

»Deine Mutter?«

»Meine Mutter.«

»Diese Ehe war das Ende seiner Karriere?«

»Das Ende von Luc le Gamache, ganz richtig. Er nahm den Namen Lukaz Tobant an – ob es sein wahrer Name war, haben wir nie herausgefunden. Es war in jenen Zeiten leicht, sich eine passende Identität zu verschaffen, und durch die Heirat erhielt er dann auch die deutsche Staatsbürgerschaft.«

»Warum ist er nur nie in seine Heimat zurückgekehrt?«

»Einmal, kurz vor seinem Tod, hat er gesagt, weil er Angst vor seiner Mutter hatte. Von ihr hat er auch nie gesprochen – etwas musste damals vorgefallen sein. Vielleicht hing es mit dem Schiffbruch zusammen. Vielleicht fühlte er sich schuldig am Tod seines Vaters – ich weiß es nicht. Aber er hat mir das Land immer voller Sehnsucht geschildert, er hat die Bretagne sehr geliebt.«

»Wann ist er gestorben? Ich meine, er war ja nicht mehr der Jüngste, als er seine Nachkommen zeugte.«

»Er ist zweiundneunzig Jahre alt geworden, sein erstaunlicher Lebenswandel hat ihm nicht geschadet. Ich war dreizehn damals, und als er gestorben ist, brach für mich eine Welt zusammen.«

»Du hast ihn geliebt.«

»Ja, verehrt und bewundert. Seine Geschichten über die Schmuggelfahrten waren besser als jeder Abenteuerroman, seine Histörchen aus dem Spirituosenhandel reizten mich immer wieder zum Lachen, die aus dem Offizierkasino brachten mir die Geschichte des Krieges näher, und seine Erlebnisse im Schiffsbedarfshandel weckten mein Fernweh.«

»Weshalb du hergekommen bist?«

»Ja, und der Auslöser war mein Onkel Henry – sein ältester Sohn. Er kam vor zehn Jahren bei einem Unfall ums Leben. Er war unverheiratet, und so erbten meine Mutter und ich das, was sein Vater ihm hinterlassen hatte. Neben einem nicht unbeträchtlichen Kapital auch ein Haus in der Bretagne. Onkel Henry hatte sich schon nach Großvaters Tod auf die Suche nach dem im Testament erwähnten Gebäude gemacht, hat es aber nicht gefunden.«

»Hat er denn keinen Ort erwähnt?«

»Doch, aber so, wie er ihn geschrieben hat, konnte er ihn hier nicht finden. Großvater sprach nämlich nicht Französisch.«

»Wie das?«

»Er war Bretone, Kelda.«

»Oh, klar.«

Bretonisch war eine alte keltische Sprache und ähnelte dem Französischen wie eine Kuh einer Möwe.

»Mit unserer Suche landeten wir immer in Italien, nicht in der Bretagne. Ein Ponte Valles gibt es hier nicht, genauso wenig wie den Namen Tobant. Onkel Henry hat allerdings auch nicht besonders ernsthaft nachgeforscht. Eine Fischerkate, wenn sie denn überhaupt noch stand, kümmerte ihn wenig.«

»Dich schon?«

»Mich schon. Nicht um sie zu besitzen, sondern weil sie eine Verbindung zu meinem Großvater wäre. Das war der – vielleicht sentimentale – Antrieb für mich, vor Ort meine Suche durchzuführen. Aber auch ich fand keine Spur, und darum nahm ich das Angebot der Firma an, die sich auf Sanierung denkmalgeschützter Gebäude spezialisiert hat.«

»Hast du hier nach ihm gesucht?«

»Zunächst ja. Auf Grund der Geschichten von Großvater glaube ich, dass diese Gegend in Frage kommt – kleiner Hafen, Goëmoniers, Guernesey-Schmuggel – das passt alles schon.«

»Einwohnerverzeichnisse? Kirchenbücher?«

»Stecknadel in Heuhaufen. Hier sind in den vergangenen hundert Jahren etliche Umstrukturierungen erfolgt, Gemeinden sind umgebildet, Verwaltungsbezirke neu geordnet worden. Ich müsste seine Geburtsurkunde finden oder einen Hinweis auf seine Eltern. Bislang bin ich da nicht fündig geworden. Und dann habe ich durch meinen Job einige Jahre im Süden verbracht und mich nicht weiter darum gekümmert.«

Die vier Veteranen fielen Kelda ein. Sie pflegten ein langes Gedächtnis. Die Geschichte von Jerôme Bellard hatten sie erzählt, als sei sie vorgestern passiert.

»Hast du mal mit den alten Leuten hier gesprochen, Simon? Vielleicht erinnern sie sich ja an diesen Schiffbruch. Ich habe den Eindruck, dass solche Ereignisse hier zur allgemeinen Unterhaltung jahrelang beitragen.«

»Mhm – nein, das habe ich noch nicht versucht. Aber du hast recht, Geschichten halten sich lange. Ich könnte Xavier mal befragen. Der ist zwar ein Kauz und schwafelt lieber über Korriganen und seltsame Meerwesen, mit denen er in Kontakt steht, aber möglicherweise erinnert er sich an den Schmuggler, der kurz vor Ausbruch des Ersten Weltkriegs zusammen mit seinem Sohn ertrunken ist.«

»Ich werde mal die vier Alterchen fragen, wenn sie sich wieder im *Marée bleue* einfinden.« Mit einem Schlürfen leerte Kelda die Reste ihres Eiskaffees und schaute zur Uhr. »Ich glaube aber, jetzt sollte ich meine Beute abliefern. Ich will noch farblich passende Platzsets und Servietten kaufen, um Marie-Claude von Limoges und Sèvres zu überzeugen.«

»Tja, und ich werde ein bisschen lästigen Papierkram erledigen müssen.«

»Ach Gott, habe ich dich davon abgehalten?«

Wieder grinste Simon. »Hat nicht wehgetan.«

Er zahlte, und als sie zu ihren Autos gingen, rutschte Kelda eine Frage heraus.

»Sag mal, Simon, du wusstest doch, dass ich damals in Nantes war. Warum bist du nicht mal vorbeigekommen?«

Wurde er rot? Wurde er doch tatsächlich rot?

»Weißt du – ich – mhm, ich wollte dir nicht lästig fallen.«

»Oh, na dann.«

Er winkte ihr noch mal zu, stieg in seinen Wagen und verschwand in der obligatorischen Staubwolke.

Ein bisschen verdattert schaute Kelda ihm nach. Irgendwas stimmte da nicht.

Sie nahm sich vor, Marie-Claude mal vorsichtig nach ihm auszufragen.

Katzenneugier

Soquette schnüffelte neugierig an dem Tellerstapel. Vielfältige, höchst interessante Düfte barg er, ganz an der Oberfläche natürlich die von Kelda und Simon. Beide hatten das Geschirr angefasst. Und auch Yves und ein anderer Mann hatten ihre Spuren hinterlassen. Von dort also stammte das Zeug. Soquette wusste zwar nicht so ganz recht, was ein Flohmarkt war – was Flöhe waren allerdings sehr wohl, man kratzte sie sich tunlichst flugs aus dem Fell! –, aber einen Markt dafür, nein, so blöd waren Menschen nicht. Es musste etwas mit den *trucs* zu tun haben. Mit Sachen. Verflohten Sachen? Eigentlich auch nicht. Porzellan bekam keine Flöhe.

Sie schnupperte weiter.

Staub, ein Hauch von Salz, Pinien. Die Teller hatten lange Zeit draußen gestanden. Ob man überhaupt noch riechen konnte, was für ein Futter mal auf ihnen serviert worden war?

Soquette flehmte. Mit offenem Mäulchen versuchte sie, auch noch das letzte Duftmolekül zu erhaschen.

»Roastbeef, Gemüse in Butter geschwenkt, Crème brûlé, Hundefutter«, sagte es hinter ihr. Erschrocken fuhr Soquette herum und hätte fast mit dem Schwanz den ersten Teller vom Stapel geschubst.

»Du schon wieder!«

Gwenaëlle war neugierig aus dem Kamin geflattert, um das Geschirr ebenfalls zu begutachten.

»Ich schon wieder. Du wolltest doch wissen, was die davon gegessen haben.«

Manchmal, fand Soquette, war ihr Gwenaëlle unheimlich. Manchmal, so fürchtete sie, konnte dieses Miststück Gedanken lesen. Jetzt saß sie oben auf dem Stapel der Teller mit dem Veilchenmuster und grinste von einem spitzen Ohr zum anderen.

»Nein, ich kann keine Gedanken lesen«, sagte sie, und Soquette wurde noch misstrauischer. »Ich bin nur eine gute Beobachterin. Du hast geflehmt, und du denkst ständig an Essen. Hab ich's getroffen?«

Leider ja …

»Sind hübsch, die Teller. Du solltest aufpassen, dass du sie nicht kaputt machst.«

Soquette brummte warnend. »Ich mach hier gar nichts kaputt.«

Das Miststück kicherte.

Soquette dachte wieder einmal daran, ihr die Flügel zu zerfetzen. Sie waren durchsichtig und zart wie Seide. Solche wie Marie-Claudes Strümpfe. Die gingen ganz schnell kaputt, wenn man die Kralle reinschlug. Aber dann sagte sie sich, dass sie eine kluge, besonnene Katze war, die solche hässlichen Triebe sehr wohl zu unterdrücken wusste. Betont gleichmütig wandte sie sich von den Tellern und der ätzenden Korrigane ab und verzog sich unter dem Tisch.

Warum musste die sie eigentlich immer ärgern? Mit anderen Tieren kam sie prima aus. Soquette hatte die lästige kleine Fee schon beobachtet, wie sie auf den Rücken eines weißen Reihers geklettert war und mit ihm eine Runde über die Dünen gedreht hatte. Und mit den Hopplern, die ihre Bauten im Sand hatten, spielte sie manchmal Verstecken. Nur hier musste sie immer rumkrawallen.

Frustriert putzte Soquette sich die weißen Pfoten.

Rettung eines Schiffbrüchigen

Das Geschirr nebst Dekomaterial fand großen Beifall im *Marée bleue*. Und Soquette hatte sie eine Weile gründlich abgeschnuppert, sich dann allerdings irgendwie missmutig verzogen, wie es Kelda erschien. Hoffentlich war das kein schlechtes Zeichen.

Paulette betrachtete das Kornblumenmuster hingegen mit großem Vergnügen.

»Auf die Idee hättest du schon viel früher kommen können«, sagte sie zu ihrer Tochter. »Bei deinem Verschleiß an Porzellan.«

»Ich wollte es eben in rustikalem Stil halten. Aber eigentlich hat das auch seinen Charme.«

»Dann werde ich Yves bitten, wann immer er etwas Ähnliches findet, es für dich zurückzulegen. Falls Soquette mal wieder ihren Manischen hat«, erklärte Kelda.

»Besser wäre, sie würde sich das Herumgetobe abgewöhnen. Oder wenigstens nur im Garten veranstalten.«

»Tja, wenn man mal in Katzenköpfe schauen könnte.« Kelda beugte sich zu der Rotgoldenen unter dem Tisch und hob sie auf ihren Schoß. Erst machte sie sich ein bisschen steif, dann aber rollte sie sich schnurrend zusammen. Sie mochte dieses zutrauliche Kätzchen, das sich gewöhnlich sanft und liebevoll zeigte. Nur in der Dämmerung wurde es zum Tier.

Aber noch schien die Sonne, und allmählich versammelten sich die ersten Abendgäste auf der Terrasse der Crêperie. Kelda band sich wieder das Schürzchen um und half beim Bedienen. Ihr bereitete es Vergnügen, mit den Gästen zu plaudern, und wenn sich deutsche Urlauber darunter befanden, waren sie oft dankbar für ihr Dolmetschen. Gegen elf waren die letzen Teller geleert, und die drei Frauen setzten sich, nachdem das Geschirr sicher und ohne Verluste verstaut war, zu einem Glas Wein zusammen, um die Sonne untergehen zu sehen. Soquette umstrich misstrauisch ihr Schälchen Sahne, doch diesen Abend schien sie in friedlicher Stimmung zu sein. Sie schlappte es aus und ging ihrer Wege. Vermutlich musste im Revier nach dem Rechten gesehen werden.

»Wusstet ihr eigentlich, dass Simon hier nach seinen Vorfahren sucht?«, begann Kelda ihre nachmittags geplante Inquisition.

»Nein, tut er das? Hat er welche?«, fragte Paulette.

Kelda gab einen kurzen Abriss zu Luc le Gamache, der ihre beiden Zuhörerinnen entzückte.

»Ja, so eine Gestalt könnte von hier stammen«, meinte Paulette. »Ist dir eigentlich klar, dass Pontes Valles vielleicht eine Verballhornung von Pontusval sein könnte?«

»Oh, natürlich, sicher. Oder vielleicht auch Port Val oder so ähnlich. Gibt es einen solchen Ort hier?«

Marie-Claude lachte leise auf. »Du bist eine schlechte Touristin, Kelda. Eine unserer Sehenswürdigkeiten ist der Leuchtturm von Pontusval. Da – sein Licht streift schon über die Küste.«

Natürlich hatte sie den hübschen, weißverputzten Leuchtturm schon oft bemerkt. Er stand malerisch zwischen großen Granitbrocken und war weithin sichtbar. Nach seinem Namen hatte sie sich jedoch nicht erkundigt, und Simon offensichtlich auch nicht, sonst wäre ihm die Ähnlichkeit vermutlich auch aufgefallen. Was Kelda zu der nächsten Frage brachte.

»Wann ist Simon eigentlich hierher gezogen?«

»Vor ungefähr drei Jahren, nicht wahr, Maman?«

Paulette nickte. »Er kam mit Yves vor drei Jahren hier an. Kurz nachdem mein Mann gestorben war und wir die Bar hier aufgegeben hatten.«

»Er hat dieses Haus dann renoviert, Kelda. Und danach waren einige Leute so angetan von ihm, dass sie ihn weiterempfohlen haben. Seither bekommt er hier einen Auftrag nach dem anderen.«

»Er kommt gut mit den hiesigen Handwerkern aus. Das will was heißen. Erst hat er bei Yves gewohnt, dann hat er sich eine kleine Wohnung in Plounévez genommen, um näher an seinen Baustellen zu sein.«

»Vorher hat er Schlösschen an der Loire restauriert«, murmelte Kelda von sich hin. »Wenn er doch das Erbe seines Großvaters gesucht hat, frage ich mich …«

»Manchmal muss man wohl Umwege im Leben gehen«, meinte Paulette und lächelte. »Sein Umweg hieß Bernice.«

»Ach so.«

»Yves hat ihn damals in Portugal aufgeklaubt, Kelda. In einem ziemlich mistigen Zustand. Er wird nicht gerne darüber sprechen, aber ich denke, es ist besser, du weißt es. Er hat diese Bernice bei seinem ersten Projekt gleich nach seinem Studium kennengelernt. Sie war die Tochter des Schlossbesitzers und, wenn alles stimmt, was ich dazu hörte, ein arrogantes Biest. Trotzdem hat er sie geheiratet, aber nach wenigen Jahren hat sie ihn schnöde aus dem Haus geworfen. Sie hat was Besseres gefunden. Er hat darunter ziemlich gelitten, hat den Job geschmissen und ist durch die Lande gezogen.«

»Du liebes bisschen, das hört sich so gar nicht nach Simon an. Warum ist er denn nicht wieder nach Hause zurückgekehrt?«

»Keine Ahnung. Er war jedenfalls einigermaßen heruntergekommen, trank zu viel, sah verwahrlost aus, hauste in heruntergekommenen Löchern – hat Yves erzählt.«

»Und wie ist ausgerechnet Yves auf ihn gestoßen. In Portugal?«

»In einer Kaschemme in der Rue de Porteval in einem winzigen Dorf in der Nähe von Lissabon. Am Rande eines Naturparks. Porteval. Okay, das verstehe ich jetzt sogar«, meinte Marie-Claude nachdenklich. »Er war wohl noch immer besessen davon, diesen Ort zu finden.«

»Vermutlich, aber was hat Yves in Portugal zu suchen?«

»Yves ist ein ewiger Wanderer. Er verbringt nur die Sommermonate hier mit seinem Flohmarkt. Damit verdient er sich genug zusammen, um ab Herbst wieder auf Reisen zu gehen.« Paulette lachte. »Yves war schon immer ein Ausbrecher. Sein Vater, musst du wissen, Kelda, war beim Militär. Ein pflichtbesessener Offizier, der seinen Sohn mit soldatischer Härte erzogen hatte und unbedingt wollte, dass Yves in seine Fußstapfen tritt.«

»Solche Wünsche gehen selten in Erfüllung.«

»Wohl wahr. Kaum dass er achtzehn war, packte Yves sein Bündel und verschwand lange Zeit. Er kam erst in den Neunzigern wieder zurück, als sein Vater im Ruhestand war und mit seiner Frau nach Südfrankreich gezogen ist. Er hat schon die ganze Welt gesehen, und wenn Simon in Vietnam, Kathmandu oder auf den Faröerinseln sein Ponte Valle gesucht hätte, wäre er ihm vielleicht auch dort begegnet. Möglicherweise war es Schicksal, dass die beiden sich gerade dort über den Weg gelaufen sind. Was im Einzelnen zwischen den beiden vorgefallen ist, weiß ich nicht, aber Yves hat deinen Simon wohl dazu gebracht, wieder aufs Trockene zu kommen, und hat ihn hergeschleift. Zunächst als seinen Helfer bei seinen Beschaffungsaktionen. Du musst wissen, wer immer hier im Umkreis einen Haushalt aufzulösen hat, wendet sich an Yves.«

»Und wer immer einen gründen will, offensichtlich auch«, stellte Kelda trocken fest.

»Sicher. Es ist praktisch. Und er hat einen guten Ruf. Jedenfalls hat er Simons Fähigkeiten bald entdeckt. Bei diesen Entrümpelungsaktionen kommt ja oft auch die Frage nach Umbau, Renovierung oder Sanierung auf, und flugs hatte er seine ersten kleinen Aufträge. Man muss es Simon lassen, er hat sich schnell wieder in den Griff bekommen. Aber dass er gerade dir diesen unrühmlichen Abrutscher nicht gleich auf die Nase binden wollte, musst du auch verstehen.«

»Klar, mit so etwas brüstet man sich nicht unbedingt.«

Aber von Bernice hätte er mir erzählen können, dachte Kelda plötzlich.

Oder?

Oder schämte er sich wegen dieser missglückten Ehe auch?

»Sprich ihn nicht drauf an, Kelda. Vielleicht erzählt er es dir irgendwann von sich aus.«

»Nein, natürlich spreche ich nicht mit ihm darüber. Meine Güte, wir haben uns zehn Jahre lang nicht gesehen, und vorher waren wir lediglich Nachbarn.«

»Er war für dich lediglich ein Nachbar. Ich habe irgendwie das Gefühl, dass du für ihn mehr warst.«

»Ja, meine Güte, vielleicht war er mal eine Zeitlang etwas in mich verschossen, aber das ist Jahre her.«

Die Dämmerung war der Nacht gewichen, einer warmen Sommernacht, deren dunkelblauer Himmel von mehr Sternen besetzt war, als Kelda je zuvor gesehen hatte. Hier am Ende der Welt gab es kaum Restlicht, das ihr Funkeln verblassen ließ, und zu ihrem Entzücken zog sich das breite Band der Milchstraße weit über das Firmament.

Paulette und Marie-Claude schwiegen, und Keldas Gedanken hüpften von einem Sternbild zum nächsten. Der Große Wagen glitzerte am Horizont, darunter das Haar der Berenike. Autsch – Bernice. Schöner war der mächtige

Schwan, der seine Schwingen weit ausbreitete. Genau wie der Adler in seiner Nähe.

Sollte Simon etwa noch immer ein mehr als nur freundschaftliches Interesse an ihr haben?, fragte Kelda sich.

War er deswegen heute Nachmittag rot geworden?

»Wenn du auf der Suche nach Schiffbrüchigen bist, Kelda, solltest du die Chapelle Pol aufsuchen«, meinte Paulette leise. Und Marie-Claude fügte hinzu: »Und nimm Simon dazu mit.«

Mhm – warum nicht?

Messen für die Schiffbrüchigen

Simon hatte eine unruhige Nacht verbracht. Dass er Kelda die Geschichte seines Großvaters erzählt hatte, mochte der Grund für seine wirren Träume gewesen sein. Vielleicht aber auch die Begegnung mit ihr. Gähnend stand er auf und trottete in die Dusche.

Eigentlich hätte er seine jugendliche Schwärmerei schon lange überwunden haben sollen, aber irgendwie schlich sie sich jetzt wieder auf hinterhältige Weise in seine Gedanken.

Als er sie kennengelernt hatte, war sie eines der Giggelhühner gewesen, vor denen er immer Angst gehabt hatte. Er war kein ansehnlicher Junge gewesen, viel zu groß, viel zu dürr, und Pickel hatte er auch gehabt. Sie lachten über ihn, dessen war er sich ganz sicher. Weshalb er schüchtern war und zum Erröten neigte. Und sich in seine Traumwelten zurückgezogen hatte. Er vermisste damals noch immer seinen Großvater, den einzigen Mann in seiner Familie, der ihn ernst genommen hatte. Seine Mutter hatte sich scheiden lassen, als er gerade zur Schule ging, und die darauf folgenden Kandidaten für eine Vollzeit-Vaterstelle fanden ihren Beifall langfristig nicht. Sie war okay, seine Mutter. Sie kamen gut miteinander aus, hielten freundschaftlichen Kontakt zueinander. Bernice jedoch hatte sie auseinandergebracht. Auch eine dieser vielen Kleinigkeiten, die ihm sein Leben vergällt hatten.

Aber darüber wollte er nicht mehr nachsinnen.

Kelda war eines Tages plötzlich kein Giggelhuhn mehr, sondern eine schöne junge Frau, hinter der die Hälfte seiner Klassenkameraden her hechelte. Er hechelte mit – ganz am Ende der Meute. Sie hielt Hof, vergab ihre Gunst hier und da, blieb unerreichbar für ihn. Dummerweise nicht für seinen besten Freund.

Simon stellte die Dusche auf kalt und versuchte mit dem Schaudern die Erinnerung daran zu löschen. Es gelang ihm, und als er sich anzog, hatte Luc le Gamache seine Gedanken wieder gefangen genommen. Mit einem Mal war dieser drängende Wunsch wieder da, Licht in seine Herkunft zu bringen. Vielleicht sogar herauszufinden, was damals bei jenem Schiffbruch geschehen war. Wer hatte seinen Urgroßvater umgebracht und warum?

Er hatte den Ordner mit den Unterlagen, die er einst zusammengetragen hatte, irgendwo in seinen Kisten aufgehoben. Es war an der Zeit, ihn wieder auszugraben und noch einmal von vorne anzufangen.

Gerade als er in den Tiefen seines Abstellraumes fündig geworden war, klingelte sein Handy.

»Hi, Simon, hast du Lust auf einen sonntäglichen Kirchenbesuch?«, fragte Kelda.

Irritiert zwinkerte er. Er brachte ein »Ähm« zustande, und Kelda kicherte.

»Keine Panik, du musst nicht in Anzug und Krawatte antreten. Ich wollte am Nachmittag in der Chapelle Pol nach Schiffbrüchigen suchen. Deine Geschichte hat mich ziemlich neugierig gemacht, weißt du.«

»Und du meinst, der Geist von Lucs Vater wird dir dort begegnen?«

»Vielleicht. Nein, es hat etwas mit dem Ambiente zu tun. Aber du musst nicht mitkommen, wenn du etwas anderes zu tun hast.«

»Habe ich nicht. Die Idee ist nicht schlecht. Ich habe gerade meine alten Aufzeichnungen wieder ausgegraben. Ambiente – mag sein, dass es hilft.«

»Fein. Holst du mich ab?«

Er sagte zu, und um drei stand er am *Marée bleue*, von wo aus sie zu Fuß aufbrachen, die kleine Kapelle zu besuchen. Kelda, in kurzen Hosen und sonnengelbem Top, zeigte braungebrannte Beine und Schultern, und mit einiger Genugtuung registrierte er, dass sie, bevor sie ihre Sonnenbrille auf die Nase setzte, ihn mit einem neugierigen Blick musterte. Er war nicht mehr der magere Junge von einst, das war ihm sehr wohl bewusst. Sein ärmelloses Shirt mochte ihr beweisen, dass er schwere körperliche Arbeit nicht scheute, und die hellen Strähnen in seinen braunen Haaren, dass er dabei auf jegliche Kopfbedeckung verzichtete.

Er verbarg seine Augen ebenfalls hinter einer Sonnenbrille und setzte sich neben ihr in Bewegung. Seine kurze Verlegenheit vom gestrigen Tag war vergessen, er erzählte ihr, während sie auf dem schmalen Küstenpfad Richtung Leuchtturm gingen, von der Villa in Keremma, die er am Vormittag besucht hatte, um mit dem Verwalter die gewünschten baulichen Veränderungen zu besprechen.

»Du musst dir diese Anwesen mal ansehen, Kelda. Man hat sich da allenthalben kleine Burgen gegönnt, verwinkelte Bauten mit Türmchen und Erkern, in grauem Granit gebaut. Sie liegen alle in großen, parkähnlichen Grundstücken mit uraltem Baumbestand. Einst Sommerhäuser für die Städter, heute kaum zu halten.«

»Außer von den Reichen und Schönen.«

»Von denen, die es sich leisten können, die maroden Leitungen zu sanieren und vernünftige Medienanschlüsse legen zu lassen. Es ist erstaunlich, mit wie wenig komfortabler Technik man hier so lange ausgekommen ist.«

»Mich schaudert es regelmäßig, wenn ich die Stromkabel und Telefonleitungen sehe, die sich in wirren Girlanden zwischen den Häusern ranken«, sagte Kelda.

»Mich auch, das kannst du mir glauben.«

Dann wurde der Weg so schmal, dass sie nur noch hintereinander gehen konnten. Es führten ausgetretene Pfade – von Wanderern, früher von der Küstenwache, die nach Schmugglern Ausschau hielten – die gesamte Küste entlang. Sie kamen durch grasbewachsene Dünen und an Artischocken-Feldern vorbei. Links von ihnen schäumte die Flut an die rundgewaschenen Felsen der *Côte des Naufrages*, Möwen landeten mit Kreischen und Flügelschlagen auf ihren Spitzen, auf dem schmalen Sandstreifen lagen einige Sonnenhungrige – weit genug auseinander, um sich nicht auf die Füße zu treten. Auf dem Campingplatz standen einige Wohnmobile in den säuberlich mit Hecken abgeteilten Parzellen. Der Duft von Gegrilltem wehte sie an. Und vor ihnen ragte der Leuchtturm auf.

Kelda, die vorangegangen war, hielt an und drehte sich zu Simon um.

»Ist dir eigentlich klar, dass das hier dein geheimnisvolles Ponte Valles sein könnte?«

»Ja, ich weiß, dass er Phare de Pontusval heißt«, meinte er. »Und das ist auch der Grund, warum ich vormals meine Suche auf diese Ecke hier konzentriert habe. Auch wenn der Name nur ähnlich klingt.«

Ein Wegweiser, wie üblich ein hölzerner Pfeil mit der Kennzeichnung des Wanderwegs, wies sie an, ein Stück landeinwärts zu gehen, um zur Chapelle Pol zu gelangen.

Die kleine Kapelle, ein Steinhäuschen nur mit einem Glockentürmchen, lag zwischen mächtigen Granitblöcken. Auch hier wieder wuchsen inmitten der grauen Steine allerlei blühende Sträucher und Blumen. Auf dem ordentlich geschnittenen grünen Rasen stand eine Tafel, die davon berichtete, dass man glaubte, diese großen Felsen seien von Saint Pol persönlich angeschleppt worden. Kelda bezweifelte es laut und deutlich. Simon war mit den bretonischen Geschichten durch Yves und vor allem Xavier vertraut und erklärte, dass Sankt Paul Aurelian, ein walisischer Mönch, mit dem Schiff im sechsten Jahrhundert hier gelandet sei und dann eifrig Klöster und Kirchen gegründet habe.

»Fleißig, der gute Heilige«, meinte Kelda. »Doch was diese kleine Kapelle besonders auszeichnet, so habe ich aus meinen Informanten herausbekommen, ist ihre Wunderwirksamkeit hinsichtlich des Auffindens Schiffbrüchiger.«

»Wer sind deine geheimnisvollen Informanten?«

»Die vier Veteranen, die sich mittags oft bei uns einfinden. Sie sind nicht nur Schwatzbasen, sondern auch unergründliche Quellen für allerlei Wissenswertes. Sie versicherten mir, dass die Leiche eines vermissten Seemanns auftauchen würde, wenn man für ihn dort drei Tage lang die Messe lesen lässt.«

»Eine Vorhersage, die eine gute Kenntnis der Strömung und der Tide voraussetzt.«

»Und weniger die Hand des heiligen Saint Pol.«

»Aber so entsteht eben Wunderglaube. Auch ich habe meinen Gewährsmann in bretonischer Geschichte befragt. Er versicherte mir, dass es in der Kapelle auch gespukt haben soll.«

»Wie romantisch!«

Simon schmunzelte. Xavier kannte zu jedem Gemäuer irgendeine Spukgeschichte. »Und ein Schiffbrüchiger spielt natürlich darin auch eine Rolle.«

»Erzähl!«

»Eigentlich passt sie nicht in den hellen Sonnenschein. Ich werde sie dir dort auf der Bank mit dumpfer Stimme erzählen.«

»O schön, mich schaudert es jetzt schon.«

Im Schatten der Felsen stand eine schmale Holzbank, auf der sie Platz nahmen, und Simon begann seine Mär.

»Ein heimkehrender Seemann war in ein furchtbares Gewitter geraten und mit knapper Not dem Untergang entgangen. Er rettete sich an Land und suchte Unterschlupf vor dem Unwetter in der Kapelle, um die Nacht dort zu verbringen. Kurz bevor er einschlief, hörte er die kleine Glocke zwölf Mal zur Mitternacht schlagen. Verblüfft sah er, dass die Kerzen auf dem Altar sich entzündeten und ein Priester erschien. Entsetzt verkroch sich der Seemann in eine Ecke. Der Priester bemerkte ihn nicht, sondern begann, die Messe zu zelebrieren. Er begann sie mit den Worten: ›Introibo ad altare Dei …‹, auf die normalerweise die Gemeinde antwortete. Doch der verschreckte Seemann hatte kaum Luft zum Atmen, also wiederholte der Priester diese Worte wieder und wieder, bis die Kerzen erloschen. Damit verschwand er.

Der Seemann zögerte lange, bis er den Mut fand, über diese Erscheinung zu sprechen, denn er vermutete, dass man ihn für verrückt hielt. Schließlich vertraute er sich dem Pfarrer von Plounéour-Trez an, der ihm den Rat gab, eine weitere Nacht in der Kapelle zu verbringen. Er sagte ihm auch die richtige Antwort auf die Worte, die der Priester gesprochen hatte.

Ein Jahr später, am Jahrestag seines Schiffbruchs, nahm der Seemann allen seinen Mut zusammen und kehrte nachts zur Kapelle zurück.

Wieder entzündeten sich nach dem zwölften Glockenschlag die Altarkerzen, und der Priester erschien.

Wie erwartet begann er die Messe mit den Worten: ›Introibo ad altare Dei …‹

Der Seeman nahm all seinen Mut zusammen und antwortete: ›Ad Deum qui laetificat juventutem meam.‹ Die Messe nahm ihren Lauf, und als sie beendet war, bedankte sich der Priester bei dem Seemann. Er erklärte ihm sogar, er sei eine Seele aus dem Fegefeuer, wegen seiner Sünden dazu verdammt, jedes Mal an seinem Todestag die Messe in der Chapelle Pol so lange zu lesen, bis ihm jemand antwortete.«

»Sehr schön, dann brauchen wir uns vor dem geheimnisvollen Priester ja jetzt nicht zu fürchten.«

»Er ist erlöst, was Xavier bedauert.«

»Warum?«

»Er hätte sich gerne mit dem Mann unterhalten.«

»Ist Xavier ein Geisterseher?«

Simon lächelte. »Ich weiß es nicht. Er spinnt ein bisschen, aber er ist harmlos. Er ist sehr erdverbunden, sein Haus hat keinen Stromanschluss, Telefone meidet er, er kann das Wetter mit einer Präzision vorhersagen, die jeden Meteorologen blass werden lässt, und er behauptet, dass es Häuser gibt, in denen Korrigane ihr Unwesen treiben.«

»Ich habe von Korriganen zwar auch schon gehört und natürlich diese kitschigen Postkarten bewundert – haben diese Geschöpfe Ähnlichkeit mit den Abbildungen? Was sagt er dazu?«

»Frag ihn am besten selbst, es wird ihm eine riesige Freude machen, wenn du dich ernsthaft dafür interessierst.«

»Und wie sieht es mit dir aus? Du bist doch oft in alten Häusern beschäftigt?«

Keldas Ton klang ein bisschen spöttisch, aber Simon antwortete ruhig: »Es mag dir verrückt vorkommen, Kelda, aber es gibt Gebäude, in denen etwas nicht so ist, wie es sein sollte. Manchmal spüre ich ein Schaudern, eine Kälte oder auch – Wärme und Lachen.«

»Dieses Land hat eine seltsame Ausstrahlung, das ist mir auch schon aufgefallen. Vielleicht wird man hier offener für solche Wahrnehmungen. Betrachten wir also mit gebührender Achtung diese hübsche kleine Kapelle.«

Es freute ihn, dass der Spott aus ihrer Stimme verschwunden war. Sie lehnten sich zurück und ließen eine Weile die Ruhe in der Kapelle auf sich wirken.

Irgendwann fragte Kelda ihn leise: »Und, spürst du hier die Geister der Schiffbrüchigen?«

»Nein, das wird man hier nicht können. Bedenke, man hat Messen für ihr Seelenheil gelesen.«

Kelda stand auf und ging zur Tür der Kapelle. Sie war abgeschlossen. Doch sie drehte sich um und sagte: »Simon, wenn hier wirklich Messen gelesen wurden, könnte es in der zugehörigen Pfarrei vielleicht Aufzeichnungen dazu geben. Vor allem zu einem Schiffbruch, bei dem Vater und Sohn umgekommen sind.«

»Wenn die so lange zurückreichen und nicht verkramt oder vernichtet wurden.«

Auch Simon erhob sich von der schattigen Bank, und sie traten wieder in den leuchtenden Sonnenschein, nachdenklich schweigend. Simon musste zugeben, dass Kelda einen guten Ansatz gefunden hatte, den er noch nicht berücksichtigt hatte. Sie erreichten wieder den Küstenpfad, als sie sagte: »Auch nach Gräbern könnte man suchen.«

»Du entwickelst ja richtig detektivischen Spürsinn, Kelda.«

»Ich hab ja sonst nichts zu tun.«

»Du könntest dich dort vergnügen.« Simon wies auf den weiten Strand. Über dem Meer tanzten die bunten Drachen der Kiteboarder fröhlich im Wind. Segel blinkten, nachmittägliches Strandleben breitete sich auf dem größer werdenden Sandstreifen aus. Auf dem Watt kratzten eifrig Menschen im Sand, um Muscheln zu sammeln – ein hiesiger Volkssport: Pêche à pied.

»Könnte ich. Aber Strandleben habe ich in meinen vorherigen Urlauben zur Genüge genossen. Diesmal habe ich keine Lust, Matt und seiner Clique über den Weg zu laufen. Hast du was dagegen, wenn ich mich ein bisschen um deinen Großvater kümmere, Simon?«

»Nein, überhaupt nicht. Ich habe die Nachforschungen in der letzten Zeit nur noch halbherzig durchgeführt. Deine Ideen sind weit kreativer als meine. Ich werde mich morgen mal mit dem hiesigen Pfarrer unterhalten, ob er etwas zu den Messen in der Kapelle weiß.«

»Und ich meine alten Freunde in der Crêperie nach den Gräbern der Schiffbrüchigen fragen. Die Jungs haben sicher keine Beerdigung ausgelassen.«

Sie hatten das *Marée bleue* beinahe erreicht, als Simons Handy klingelte. Verärgert nahm er den Anruf des Verwalters entgegen. Genau das hatte er befürchtet – es war ein Notfall in der Villa eingetreten, die er gerade zu renovieren begonnen hatte.

»Wasserschaden. Ich muss hin, Kelda.«

»Wenn du etwas zu dem Schiffbruch herausgefunden hast, sag mir Bescheid. Hast du meine Nummer?«

Schief lächelte er. »Klar.«

Als er die Tür seines staubigen Offroaders öffnete, stellte sich Kelda auf die Zehenspitzen und gab ihm ein schnelles Küsschen.

Er zuckte zurück.

»Nicht, Kelda.«

Fluchtartig schwang er sich in den Wagen, schlug die Tür zu und fuhr los.

Einen halben Kilometer weiter hielt er am Straßenrand und schlug mit den Fäusten auf das Lenkrad.

Gott, was war er für ein Idiot!

Das Grab der Schiffbrüchigen

»Sie tragen dein schauriges Fundstück heute Nachmittag zu Grabe«, erklärte Marie-Claude am nächsten Morgen, als Kelda sich zum Frühstück in der Küche einfand. »Du solltest hingehen. Immerhin hast du eine heiße Nacht mit ihm verbracht.«

»Ich habe aber nichts Beerdigungstaugliches anzuziehen.«

Ihre Freundin musterte sie kritisch. »Einen Beerdigungshut kann ich dir leihen, meine Kleider würden eher putzig an dir aussehen.«

Kelda war einen Kopf größer als sie und ziemlich schlank, Marie-Claude hingegen wies deutliche Rundungen auf. Putzig war wohl der richtige Ausdruck.

»Hast du etwas Schwarzes dabei, das wir irgendwie herrichten können?«

»Meinen Neoprenanzug.«

»Scharf!«

»Ja, vor allem mit einem Schleierhütchen dazu. Ich fahre ins Dorf, mal sehen, was ich bekommen kann.«

»Oh, gut. Dann bringst du bitte auch gleich Katzenfutter mit. Und Waschmittel brauche ich auch. Ich gebe dir eine Liste.«

»Ist in Ordnung.«

Mit einem halben Meter vollgeschriebenem Papier machte Kelda sich also auf nach Plouescat, wo nicht nur ein gut sortierter Supermarkt am Ortsrand vorhanden war, sondern auch einige kleine Boutiquen im Örtchen selbst zum Einkaufen einluden. Sie fand recht schnell ein brauchbares schwarzes, ärmelloses Kleid, nicht sonderlich ausgefallen, aber zusammen mit dem langärmeligen Wickeljäckchen kirchengeeignet. Dann parkte sie vor dem Intermarché, zerrte einen Einkaufswagen aus der angeketteten Reihe und machte sich daran, Marie-Claudes Wünsche zu erfüllen. Putz- und Waschmittel, Küchenpapier, Glühbirnen hatte sie bereits eingesammelt und spürte gerade das Regal mit dem Katzenfutter auf, als sie eine bekannte Stimme rief.

»Kelda, gut, dass ich dich treffe. Kelda, du musst mir helfen!«

Matt, in Begleitung eines der Surf-Groupies, stürmte auf sie zu.

Sie blieb stehen und antwortete kühl: »Wobei muss ich dir helfen? Gewöhnlich bist du doch gut darin, dir deine Konservendosen selbst auszusuchen.«

»Darum geht es nicht. Kelda. Die haben uns heute Morgen von unserem Platz vertrieben. Du musst diesen Trotteln erklären, dass wir keinen Schaden angerichtet haben.«

»Welchen Trotteln?«

»Denen von der Gendarmerie. Die tun so, als ob sie mich nicht verstehen.«

»Vielleicht solltest du Französisch mit ihnen sprechen?«

»Mann, du weißt doch ganz genau, dass ich das nicht kann.«

»Tja, vielleicht ist deine Begleiterin ja der Sprache mächtig?«

Das Mädel hatte sich etwas in den Hintergrund verdrückt. So ganz geheuer war ihr der Auftritt wohl nicht.

»Sie kann auch nur ein paar Brocken.«

»Dann soll sie mit den Wimpern klimpern und mit den Hüften wackeln, das beherrscht sie ja. Ich habe allerdings keine Zeit, für dich die Kartoffeln aus dem Feuer zu holen.«

»Aber wieso nicht? Du hast doch Zeit. Oder machst du weiter Sklavendienst in dieser Kaschemme.«

»Ich wohne bei meiner Freundin, Matt. Ich helfe ihr.«

»Und mir nicht mehr. So ist das also. Und was soll ich jetzt machen?«

»Es gibt genügend Campingplätze hier.«

»Mann, die kosten Geld.«

»Richtig, dafür haben sie auch Duschen und Toiletten.«

»Das kann ich mir nicht leisten, das weißt du doch.«

»Du könntest allmählich mal anfangen, dein eigenes Geld zu verdienen, Matt, dann kannst du auch die Miete für einen Stellplatz bezahlen.«

»Gott, bist du ätzend. Das war wohl dein Kumpel, der uns verpfiffen hat, was?«

»Keine Ahnung. Aber das Wohnmobil steht in einem Naturschutzgebiet, daran werden sich auch andere schon gestört haben. Ich habe dir gleich gesagt, dass das nicht in Ordnung ist.«

»Mann, bist du spießig geworden.«

»Nicht spießig, Matt. Aber mit den Jahren vielleicht einsichtiger. So, und jetzt muss ich meine Einkäufe erledigen.«

Kelda wollte sich umdrehen, um das Katzenfutter aus dem Regal zu holen, als er sie grob an der Schulter packte.

»Jetzt hör mir mal gut zu, Kelda!«

»Lass mich los, Matt!«, sagte sie scharf.

Er tat es nicht. Er sprühte Gift.

»Du kommandierst mich herum wie einen Hund. Du lässt es zu, dass man mir ein paar uniformierte Wichtigtuer auf den Hals hetzt. Und dann bist du noch nicht mal bereit, mir aus der Patsche zu helfen.«

»Du jammerst wie ein unreifer kleiner Junge, ganz genau. Die Suppe hast du dir selbst eingebrockt. Jetzt sei ein Mann und löffel sie auch selbst aus.«

Sie sprach noch immer in gewöhnlicher Lautstärke, aber die Wut in ihr begann schon zu brodeln.

»Ich bin kein kleiner Junge!«, brüllte Matt und schüttelte sie so heftig an den Schultern, dass ihr die Zähne klapperten.

Bevor sie in der Öffentlichkeit zu drastischen Maßnahmen greifen musste, kam plötzlich ein vollbeladener Einkaufswagen näher, geschoben von einer vollbusigen Matrone, und krachte unversehens in Matts Kreuz. Er ließ Kelda los. Eine zweite füllige Madame drängte sich vor sie.

Kelda nutzte die Chance, schnappte Soquettes Knusperflöckchen aus dem Regal und trat geschwind den Rückzug zu ihrem Wagen an. Matt ließ sie in dem Ansturm französischer Beschimpfungen stehen. Zu der Gruppe gesellten sich nämlich nun auch noch der Marktleiter und zwei Regaleinräumer.

Das Surf-Groupie desertierte feige.

Kelda stellte sich an der Kasse an.

Ihre Knie zitterten.

Marie-Claude und Paulette hörten sich ihren wutschnaubenden Bericht verständnisvoll an, und eine große Tasse Milchkaffee zusammen mit einem Schokoladencroissant besänftigte Kelda dann auch wieder.

»Pass auf, dass er sich nicht zum Stalker entwickelt, Kelda«, mahnte Paulette. »Er scheint dich irgendwie als Stütze in allen Lebenslagen zu betrachten. Das ist nicht gesund für einen jungen Mann.«

»Nein, das ist es nicht, aber im Moment kann ich nicht mehr machen als ihm aus dem Weg gehen. Und wenn ich zu Hause bin, werde ich mich wirklich um neue Schlösser kümmern.«

»Bleib noch ein paar Tage länger hier, Kelda, du hast aber noch zwei Wochen Urlaub.«

»Ich kann doch nicht …«

»Doch, du kannst«, sagte auch Paulette. »Wir können auf deine unbezahlte Arbeitskraft nicht verzichten.«

»Pah.«

»Und außerdem kommt Brendan in zwei Wochen zurück, und ihr solltet euch endlich mal kennenlernen.«

»Ich stör doch nur, wenn dein Mann hier ist.«

»Hör endlich auf, so rücksichtsvoll zu sein.«

Das Geplänkel lenkte Kelda von ihrem Zorn auf Matt ab, und dann musste sie das neue Kleid vorführen, bekam den Beerdigungshut, ein rundes Etwas mit einem kleinen Schleierchen, aufgesetzt, musste sich die Haare anders frisieren und fühlte sich dabei richtig als Mädchen.

Jerôme le Filou verbreitete noch Jahre nach seinem Tod seinen vermutlich nicht unbeträchtlichen Charme.

Marie-Claude blieb in der Crêperie, aber Paulette, ebenfalls in Schwarz, was ihr ausgezeichnet stand, begleitete Kelda zum Friedhof. Eine Messe wurde nicht für den Toten gelesen – Angehörige hatte er hier nicht mehr. Doch er erhielt ein christliches Begräbnis. Yves trug zusammen mit einem Mann des Bestattungsunternehmens den kleinen Sarg mit seinen Gebeinen von der Friedhofskapelle zum Grab. Er hatte gesagt, da der Tote so lange sein Untermieter gewesen war, wolle er ihm diesen letzten Dienst erweisen. Kelda hatte er gebeten, hinter ihnen zu gehen, und da sie sich dem goldzahnigen Filou verbunden fühlte, tat sie es auch, froh über ihre angemessene Kleidung. Eine erstaunliche Menge Neugieriger – Trauernde konnte man sie sicher nicht nennen – hatte sich versammelt. Blumen gab man Jerôme Bellard nicht mit ins Grab, und Xavier spuckte sogar darauf. Er war ein sehr alter Mann, und besonders beliebt hatte der Filou sich seinerzeit wohl nicht gemacht.

Das Grab jedoch war das seiner Frau Jeanne, weshalb die anderen wohl von derartigen Unflätigkeiten absahen.

Jeanne Bellard, 1882–1964, las Kelda auf dem Grabstein.

»Sie haben sie gekannt«, sagte sie leise zu Paulette, die ebenfalls versonnen auf die Inschrift schaute.

»Ja, die letzten fünf Jahre ihres Lebens. Eine Frau, die das Unglück verbittert hat. Der erste Mann ist auf See geblieben, der zweite hat sie verlassen – oder, wie wir jetzt wissen, ist erschossen worden. Vermutlich nicht ohne Grund. Kinderlos ist sie geblieben, ohne Nachkommen. Ich war nicht die Einzige, die sie nicht sonderlich mochte. Sie war die Tochter des Bürgermeisters von Plounéour-Trez und trug die Nase daher entsetzlich hoch. Himmel, was hat sie mich herumkommandiert und schikaniert.«

»Zweiundachtzig Jahre ist sie alt geworden. Für die Zeit ein hohes Alter.«

»Sie hatte immer genug zu essen.« Dann huschte ein böses Lächeln über ihr Gesicht. »Es wird sie fuchsen, dass sie ihr Jerôme jetzt beigepackt haben.«

Paulette hatte ihr noch immer nicht verziehen. Aber Gemeinheiten, die man jungen Menschen antat – und sie war gerade erst siebzehn, als sie in Madames Dienst trat –, behält man lange im Gedächtnis.

»Da neben ihr liegt ihr erster Mann«, sagte Paulette und wies auf den verwitterten Grabstein. Die Neugierigen hatten sich allmählich verlaufen, und Kelda trat näher heran. Die stoppelig graugrünen Flechten, die allerorts Menhire, alte Gemäuer und Grabsteine überzogen, hatten seine Inschrift fast verborgen. Sie kratzte ein wenig daran. Das Gewächs war trocken und löste sich von dem Granit.

1875–1912 war das Erste, was sie erkennen konnte. Siebenunddreißig war der erste Mann geworden. Sie zupfte noch ein bisschen an den Flechten herum und hatte schließlich auch den Namen freigelegt.

Herri Trobiant.

Darunter: Lukaz Trobiant, 1898–1912. Disparu en mer.

Der Sohn.

Kelda schnappte nach Luft.

»Ich glaube, ich habe Simons Urgroßvater gefunden!«, flüsterte sie. Paulette betrachtete ebenfalls den Stein. »Sie wissen doch, Lukaz Tobant hat er sich genannt, als er nicht mehr als Luc le Gamache seinen Geschäften nachging.«

»*Mon Dieu!*«, sagte Paulette. »*Mon Dieu!* Das wirft ein ganz anderes Licht auf die Angelegenheit.«

»Ich muss Simon anrufen!«

Das Handy war mal wieder ganz nach unten in die Tasche gerutscht, aber als sie Simons Nummer wählte, meldete er sich sofort.

»Ich habe einen Herri Trobiant gefunden.«

»Was?«

»Ich stehe an seinem Grab, Simon. Neben ihm wurde 1964 seine Frau Jeanne Bellard begraben. Auf dem Grabstein wird auch an seinen Sohn Lukaz erinnert, der zum selben Zeitpunkt auf See verschollen ist.«

Simon schwieg.

Ja, die Zusammenhänge waren erstaunlich.

Schließlich räusperte er sich und meinte: »Ich muss heute noch ins Büro. Hast du übermorgen schon etwas vor, oder willst du wirklich schon abreisen?«

»Kann ich jetzt kaum noch, was, Simon?«

»Bleib noch ein paar Tage.«

Ja, das sollte sie wirklich. Ihr fiel aber etwas anderes ein. »Simon? Hast du Matt bei den Behörden wegen Wildcampens angezeigt?«

»Nein.«

»Okay. Melde dich, wenn du zurück bist.«

»Ja. Und – danke.«

Weg war er.

Keltische Knoten

Soquette nahm ihren Revierdienst sehr ernst. Jeden Morgen kontrollierte sie den Garten und die Terrasse, prüfte nach, ob eine Nachbarkatze eine interessante Mail an der Hecke hinterlassen oder ein Eindringling seine Beleidigungen gepostet hatte. Die einen wie die anderen Nachrichten beantwortete sie gründlich. Später, am Abend, machte sie einen Rundgang durch das Haus. Selbstverständlich begann sie mit der Küche, in der immer einer der Bewohner anwesend war und zu einem Häppchen überredet werden konnte. Dann besah sie sich den Gastraum, ordnete die menschlichen Gerüche dort in angenehme und unangenehme ein, schlenderte in den privaten Bereich hinüber. Im Anbau, in dem ein Wohnraum mit Polstermöbeln zum Ruhen einlud, strebte sie aber gleich darauf in die oberen Gefilde. Hier waren die Schlafzimmer, ein Büroraum voller Papier und Kabelsalat, der ihr nicht besonders gefiel, ein großes Badezimmer, in dem es ihr zu feucht war, obwohl sie manchmal gerne ein paar Schlucke aus dem Wasserhahn trank, wenn Marie-Claude ihn aufdrehte. Noch eine Stiege weiter nach oben, und sie befand sich unter der Dachschräge. Ein Lagerraum mit Tischdecken, Servietten, Sonnenschirmen, Geschirr und anderen Dingen, die unten gebraucht wurden, befand sich rechts und war meistens verschlossen. Links bewohnte eben Kelda das Gästezimmer. Die Tür stand ihr jederzeit offen, was Soquette nett von der derzeit abwesenden Bewohnerin fand.

Weniger nett fand sie es, dass Gwenaëlle auf der Frisierkommode herumturnte. Es standen Fläschchen und Flakons darauf, und wenn etwas davon umfiel und zu Bruch ging, würde man es ihr wieder in die Pfoten schieben.

»Verpiss dich!«, fauchte sie also.

»Nö.«

»Gwenaëlle, hau ab!«

»Nö.«

Soquette fauchte frustriert. Sie konnte nichts tun, auf welche Art auch immer sie nach dem Miststück tatzte, es würde Spiegel, Haarbürste, Parfümfläschchen und Puderdose gefährden.

Sie drehte also der widersetzlichen kleinen Schreckschraube den Hintern zu und untersuchte den Raum gründlich. Kelda war ihr sympathisch. Sie roch nett, hatte sensible Streichelhände, gab immer bereitwillig von ihrem Futter ab und war ihr nicht böse, wenn etwas umfiel. Aber herausfordern wollte Soquette das auf gar keinen Fall, denn Kelda konnte auch ganz schön die Krallen zeigen. Das hatte sie beobachtet, als sie neulich die sechs Schnorrer in die Schranken gewiesen hatte.

Die Schuhe unter dem Bett rochen nach Strand, das Kleid auf dem Stuhl ein bisschen verschwitzt und nach Blumen, ein putziges rundes Ding, mit einem hauchzarten Stück Stoff darum drapiert, lag auf dem Kleid. Soquette hätte gerne damit gespielt, aber sie unterdrückte den Drang. Es sah schrecklich kaputtbar aus.

Stattdessen sandte sie einen Seitenblick zu Gwenaëlle, die erstaunlich ruhig geblieben war. Irgendwas bastelte die doch da? Irgendwas machte sie mit ihren langen, beweglichen Fingern, die so fies kneifen und pieksen konnten. Soquette setzte sich aufrecht hin und starrte sie neugierig an.

»Is was?«, fragte Gwenaëlle, ohne aufzusehen.

»Was machst du da?«

»Flechten.«

»Was?«

»Haare.«

»Wozu?«

»Um Verbindungen zu schaffen.«

»Was für Verbindungen?«

»Geht dich nichts an.«

Soquette unterdrückte ein weiteres Fauchen und sprang stattdessen auf den Stuhl am Fenster. Mit dem Ausdruck höchsten Interesses drückte sie ihre Nase an das Glas und schnatterte aufgeregt.

Die List gelang. Gwenaëlle segelte von der Kommode, um ebenfalls nach draußen zu schauen, Soquette hüpfte vom Stuhl und krallte sich das Ding, mit dem die Korrigane sich beschäftigt hatte. Aufkreischend schoss das Miststück hinter ihr her, aber diesmal war Soquette schneller. Sie hetzte nach unten, sauste durch die Tür in den Garten. Zwei Blumentöpfe gingen dabei leider zu Bruch, bevor sie den Apfelbaum erreichte und den Stamm hochklettern konnte. Auf der bequemen zweiten Astgabel – einer ihrer Lieblingsplätze, von dem aus sie oft unentdeckt das Geschehen beobachtete – legte sie vorsichtig den kleinen Ring ab, den sie ergattert hatte. Neugierig betrachtete sie ihn zunächst, dann setzte sie ihre empfindliche Nase ein.

Menschenhaare. Das lange dunkle stammte von Kelda, die drei kürzeren braunen von Simon.

Spannend!

Was wollte Gwenaëlle damit anrichten? War das ein böser Zauber?

Es raschelte über ihr in den Blättern, und ein heftiges Zwicken in ihrem Nacken schreckte Soquette dermaßen auf, dass sie den kleinen Haarring aus Versehen von der Astgabel wischte. Gwenaëlle war flink, ohne Zweifel. Sie hatte ihn aufgefangen, bevor er den Boden erreicht hatte.

Dann zischte sie eine derbe Beleidigung in Soquettes Richtung, flatterte zum Dach des Hauses und verschwand im Kamin.

Miststück!

Und die Blumentöpfe waren durch ihre Schuld auch kaputt gegangen.

Zahlenakrobatik

Marie-Claude war genau so aufgeregt wie Paulette und Kelda, als sie von ihrer Entdeckung auf dem Friedhof berichteten. Nachdem sie den abendlichen Scherbenhaufen, diesmal waren es zum Glück nur zwei tönerne Blumentöpfe mit Rosmarin und Petersilie, die bei Soquettes wildem Toben zu Bruch gegangen waren, aufgeräumt hatten, setzten sie sich zusammen, um ihre Beute zu sichten.

»Ich versuche schon die ganze Zeit, alle möglichen Erinnerungen an die alte Bellard zusammenzukramen«, sagte Paulette und nippte an ihrem Cidre.

»Du hast mir oft von dem großen Haus erzählt, in dem sie wohnte, Maman.«

»Die Villa, drüben in Brignogan. Jetzt wohnt eine Familie aus Le Mans dort. Sie haben das Haus vor sieben oder acht Jahren gekauft.«

»Veuve Bellard starb 1964, richtig? Wer hat das Anwesen denn damals geerbt?«, fragte Kelda.

»Ein Neffe von ihr. Aus dem Zweig der Havaux aus Plounéour-Trez. Der hat es allerdings vermietet und sich wenig darum gekümmert. Es war – wie soll ich sagen – schon etwas heruntergekommen.«

»Renovierungsstau nennt man das, glaube ich. Das passiert leider häufig bei Häusern, die von alten Leuten bewohnt werden. Sie sehen keinen Sinn mehr darin, etwas für den Erhalt zu tun.«

»Hörst du, Maman!«

»Ich habe gerade neue Vorhänge anbringen lassen. Und eine neue Waschmaschine gekauft!«

Kelda wurde rot. Ihre Bemerkung war nicht eben geschmackvoll gewesen, fiel ihr bei diesem Wortwechsel auf. Aber Paulette, auch wenn sie schon knapp an die siebzig war, machte überhaupt nicht den Eindruck einer alten Frau.

»Entschuldigung!«, murmelte Kelda.

»Keine Ursache, Kelda. Du hast ja recht. Die alte Bellard hockte in ihrer riesigen, zugigen Villa, die langsam um sie herum verrottete. Sie hätte es gemütlicher in einem kleinen Häuschen in einem der Orte hier gehabt. Dann hätte sie am Leben teilnehmen können, statt immer nur mich umherzujagen. Damals hätte sie noch einen ansehnlichen Preis für die Villa bekommen. Ich glaube auch, sie hatte am Ende nicht mehr viel Geld. Zumindest habe ich gehört, dass alles, was irgendwie von Wert gewesen ist, schon verschwunden war, als der junge Havaux es geerbt hat.«

»Keine Pariser Couturen, kein Schmuck, kein Tafelsilber?«

Paulette schnaubte verächtlich. »Sie trug ausgeleierte Kittelschürzen, und in der Küche gab es nur Steingut und Blechbestecke.«

»Also hat der Neffe einen weißen Elefanten geerbt.«

»So kann man sagen. Ich war so froh, dieser Tretmühle entronnen zu sein, dass ich mich nicht weiter darum gekümmert habe. Ich nahm eine Stelle in einer Fischfabrik in Brest an, lernte Marie-Claudes Vater kennen und half ihm jahrelang dort in seinem Restaurant. Hierher zogen wir erst wieder Anfang der Neunziger, als Marie-Claude mit der Schule fertig war. Meine Eltern hatten nach dem Krieg dieses Haus zu einer Bar Tabak umgebaut, was für die damalige Zeit keine schlechte Entscheidung war.«

Soquette trabte mit einer Maus im Maul an ihren Stühlen vorbei, maunzte kurz auf und ließ sich dann unter einem Hortensienbusch nieder, um sie zu verzehren.

»Ihr hattet ja auch keine wahnsinnige Katze.«

»Nein, unsere waren immer sehr wohlerzogen.«

»Lebt der Neffe Havaux noch?«, wollte Kelda wissen, um das Gespräch wieder auf die Witwe Bellard zu bringen.

»In einem Pflegeheim, soweit ich weiß. Die Villa hatte er aber schon verkauft, bevor ich wieder hierher zurückkam. Ich weiß nicht, an wen, aber die Besitzer haben sie zumindest gründlich renoviert. Und wie gesagt, vor einigen Jahren haben dann die heutigen Besitzer das Anwesen übernommen. Ich glaube kaum, dass es heute noch Spuren des Erbauers oder seiner Witwe dort gibt. Jerôme Bellard verschwand ja 1944.«

»Eigentlich sollten wir uns auch auf Madames ersten Gatten konzentrieren, Herri Trobiant«, warf Marie-Claude ein. »Hat sie jemals von ihm gesprochen, Maman?«

»Nein. Zu mir nie. Ich wusste damals noch nicht einmal, dass sie vorher schon mal verheiratet war.«

»Simon sagte, dieser Herr sei ein Fischer und Goëmonier gewesen. Sie aber war die Tochter des Bürgermeisters. Gibt uns das zu denken?«

Paulette grinste. »Kluge Bemerkung, Kelda.«

»Ich liebe Zahlen!«, behauptete Marie-Claude und zückte einen Bleistift. Auf einer Papierserviette schrieb sie Jeannes Geburtsjahr: 1882.

»Ihr erster Mann ist laut Grabstein 1875 geboren. Ihr Sohn kam 1898 zur Welt. Sie war also – hoppla – sechzehn.«

»Mhm!«, sagte Paulette.

»*Honi soit qui mal y pense.*«

»Sieht nach einer überstürzten Heirat aus. Wir werden Kirchenbücher benötigen. Aber ich könnte mir vorstellen, dass Monsieur le Maire ziemlich stinkig war und die beiden flugs zur Heirat bewogen hat.«

»Eine Theorie nicht ohne Wahrscheinlichkeitsgehalt.«

»Weshalb die hochnäsige Madame den verstorbenen Gatten nie erwähnt hat.«

»Gestorben ist er 1912, also hat diese Ehe vierzehn Jahre gedauert. Madame war demnach dreißig, als er Schiffbruch erlitt.«

»Zu der Zeit hielt sich Jerôme schon hier auf. Man sollte herausfinden, wann sie ihn geheiratet hat.«

»Du bist ja wie ein Bluthund hinter dem Filou her. Lass Simon auch noch einen Knochen übrig, Kelda.«

»Sicher. Wir kommen jetzt sowieso mit der Frage nicht weiter. Ich mache morgen einen Bummel durch Brignogan. Welche der Villen gehörte Jerôme?«

»Du kannst es gar nicht verfehlen – am Hafen das Haus mit den beiden Rundtürmen am Portal zum Grundstück. Ziemlich protzig.«

Paulette gähnte hinter vorgehaltener Hand und meinte: »Ich fahre nach Hause, es ist schon nach Mitternacht.«

»Ja, gehen wir zu Bett.«

»Ich bleibe noch einen Moment hier sitzen und bewundere den Sternenhimmel.«

»Tu das – du hast Urlaub!« Marie-Claude nahm das Tablett auf. »Ach übrigens, dein Ex war heute Nachmittag hier und hat nach dir gefragt. Ich habe wirklich nicht gewusst, wohin du gegangen bist.«

»Ah, danke.«

Als Kelda alleine war und der nächtlichen Stille lauschte, tauchte Soquette wieder auf. Sie ignorierte sie allerdings. Dafür begann sie einen eigenartigen Tanz auf der Wiese vor ihr. Sie schien nach irgendwelchem Fluggetier zu haschen, doch eigentlich schwirrte nichts mehr herum. Es sah lustig aus, wie sie sich auf die Hinterpfoten stellte und mit den weißbestrumpften Vorderpfoten nach etwas tatzte, das ihr beständig zu entkommen schien.

Zufrieden seufzte Kelda. Es war schön hier, es war wirklich schön und weit interessanter, als die Tage nur am Strand zu verbringen. Sie hatte die Bretagne besser kennenlernen wollen – und war mitten in einen Intensivkurs für bretonische Geschichte geraten.

Was hatte Simon zu seinem seltsamen Verhalten veranlasst?

Warum hatte er ihren freundschaftlichen kleinen Kuss so vehement abgelehnt?

Warum dachte sie eigentlich jetzt daran?

Ein Verdacht

Simon saß noch spät am Abend in seinem Büro in Saint-Pol-de-Léon und erledigte seine Schreibtischarbeiten.

Als Kelda ihn angerufen hatte, obwohl er sich wie der König der Idioten benommen hatte, war Simon ein ganzer Menhir vom Herzen gefallen.

Was hatte ihn nur dazu gebracht, vor diesem harmlosen Abschiedsküsschen zurückzuzucken und wie ein pickeliger, verunsicherter Halbwüchsiger zu fliehen?

Weil er sich in ihrer Gegenwart plötzlich so gefühlt hatte – gestand er sich ein.

Genau so wie damals, als sie so unerreichbar für ihn gewesen war. Als er ständig Angst davor gehabt hatte, dass sie über ihn lachen würde.

Sie war weder unnahbar noch mit einem anderen Mann zusammen. Den Surfer-Matt schien sie gründlich abserviert zu haben. Die Berichte über den Vorfall im Supermarkt waren bis zu ihm gedrungen, und obwohl nicht er die Behörden über das Wildcampen im Naturschutzgebiet informiert hatte, wusste er doch, wer es gewesen war. Marie-Claude. Aber darüber würden sie beide Stillschweigen bewahren. Marie-Claude war eben eine besonders gute Freundin. Ihnen beiden.

Gedankenverloren starrte Simon auf den Bildschirm. Mehrere Angebote, Kalkulationen und Arbeitsberichte musste er noch lesen und bearbeiten, aber nicht nur die Tatsache, dass Kelda tatsächlich das Grab seines Urgroßvaters gefunden hatte, lenkte ihn von seiner Tätigkeit ab, sondern auch seine immer stärker werdende Erkenntnis, dass er die aussichtslose Liebe zu ihr nie überwunden hatte.

In der Liebe hatte er kein Glück.

Punkt.

Wenn er sich schon nicht auf seine Arbeit konzentrieren konnte, dann sollte er sich wenigstens mit den neuen Erkenntnissen zu seinem Großvater beschäftigen.

Lukaz Trobiant – das passte und konnte kein Zufall sein. Mit dem Namen und den Daten auf dem Grabstein müssten er und sein Vater in den Meldeunterlagen zu finden sein. Und darüber hinaus auch das Haus, das seiner Familie gehört hatte. Aber es blieb trotzdem noch die Frage offen, wer dafür gesorgt hatte, dass Vater und Sohn Schiffbruch erlitten hatten.

Wer war ihr Mörder und warum?

Schmuggler führten ein gefährliches Leben. Welche Waren hatten sie außer Tabak und Alkohol noch heimlich transportiert? Welche Feinde hatten sie sich gemacht?

Es dürfte beinahe unmöglich sein, das Geschehen von vor einhundert Jahren zu rekonstruieren, dachte Simon frustriert. Der einzige Anhaltspunkt war Lukaz' Aussage, dass er nicht zurückkehren wollte, weil er Angst vor seiner Mutter hatte.

Ein furchtbarer Verdacht keimte in Simon auf.

Sollte Jeanne selbst etwa die Sabotage an dem Logger in Auftrag gegeben haben?

Paulette hatte die alte Witwe noch kennengelernt. Vielleicht erinnerte sie sich noch an irgendetwas, wenn er ihr die richtigen Fragen stellte. Auch die vier Veteranen mochten Hinweise liefern können. Kelda hatte ja schon herausgefunden, dass sie für Skandale und Histörchen ein Gedächtnis wie die Elefanten hatten.

Immerhin war das ein Grund, das *Marée bleue* am übernächsten Tag unverzüglich aufzusuchen. Und auch mit

Xavier sollte er vielleicht mal über die lang vergangenen Zeiten sprechen.

Morgen würde er allerdings erst einmal einige Telefonate führen, um an die Daten von Herri, Jeanne und Lukaz Trobiant zu kommen.

Ob er Kelda zum Dank für ihre Entdeckung zum Essen einladen sollte? Wäre vielleicht kein schlechter Gedanke …

Zeugen der Geschichte

Nach dem mittäglichen Abfüttern der Gäste nahm Kelda sich Marie-Claudes Auto und fuhr zu den alten Villen hinaus, die rund um die Bucht von Brignogan lagen. Sie fand die Villa recht bald und parkte am sandigen Straßenrand. Tatsächlich ragten zwei trutzige Rundtürme aus grauem Stein auf, die das Tor bewachten, das die weiß gekieste Auffahrt verschloss. Dahinter lag aus dem üblichen grauen Stein gebaut ein Miniaturschlösschen. Hortensien, sagenhaft blau, wie sie nur hier in der Salzluft – und guter gärtnerischer Pflege – gediehen, säumten den Kiesweg, weiße Hortensien schäumten um den Sockel des Hauses. Efeu rankte sich an der Wetterseite an den Steinen bis zu einem der Kamine hoch, die hölzernen Läden und Türen waren frisch in einem matten Blau gestrichen. Alles sah gepflegt aus. Jerôme Bellard hatte sich das Sahnestückchen als Grundstück gesichert und ein ansehnliches Haus daraufgestellt. Seine Tätigkeit musste sich gelohnt haben.

Jemand hupte laut und erbost, und Kelda kehrte zum Wagen zurück, um ihn vom Fahrbahnrand zu entfernen. Man fuhr auf diesen französischen Straßen einen heißen Reifen, und Störenfriede wie sie waren schnell gefährdet. Sie überlegte, ob sie es wagen sollte, weiter zum Strand zu fahren und auf einem der großen Parkplätze hinter der Düne anzuhalten, in der Hoffnung, dass Matt ihr nicht begegnete. Eigentlich war die Bucht groß genug, aber der Junge hatte einen sechsten Sinn dafür entwickelt, wie er sie aufspüren konnte. Andererseits – die Sonne schien, ein leichter Wind wehte, aus dem Radio klang irgendein fröhlicher Song zum Mitsummen, und die schmale Straße wand sich in wilden Schwüngen durch die Felder. Ihren Verlauf musste ein trunkener Matrose einst vorgegeben haben. Dann entdeckte sie aber im Vorbeifahren den staubigen Transporter von Yves' *Truc et Puces* und nahm das zum Anlass, zu wenden und sich neben ihn auf dem sandigen Platz vor einer weiteren Villa zu stellen.

Hohe, uralte Pinien mit grauen Stämmen und fast schwarzen, sturmerprobten Kronen säumten das Grundstück. Das Anwesen war möglicherweise noch größer und prachtvoller als das der Bellards. Rechts vorne stand ein Pförtnerhaus mit Remise, die Villa selbst protzte mit etlichen Türmchen, hinten im weitläufigen Park schlossen sich weitere Wirtschaftsgebäude an. Vor dem Haus standen der Pick-up eines Installateurs und der Lieferwagen eines Dachdeckers. Kelda stieg aus und schaute sich um. Klopfen und Scharren klang aus der offenen Tür der Remise, etliche undefinierbare Trümmer türmten sich daneben auf.

»Yves?«, rief sie in den halbdunklen Raum hinein.

»Oui!«

Hinter einem Verschlag tauchte seine Mütze auf, er selbst folgte.

»Ah, Madame Kelda. Wollen Sie entrümpeln helfen?«

»Gibt es schönes Geschirr hier?«

»Das nun nicht gerade. Kommen Sie rein.«

Es war eine fürchterliche Ansammlung von Gerümpel. Mit spitzen Fingern hob Kelda einen zerbrochenen Tennisschläger auf.

»Was die Leute so alles aufheben.«

Auch der alte Xavier kam aus dem Gerümpel hervor und musterte den Schläger. »Vielleicht aus sentimentalen Gründen? Möglicherweise hat Madame einst damit das erste Match mit ihrem Zukünftigen gespielt?«

»Sie sind ein Romantiker.«

»Alles hat seine Geschichte.«

Kelda erinnerte sich daran, dass Simon ihn für jemanden hielt, der die Geister eines Hauses aufzuspüren in der Lage war. Vielleicht hatte er recht – oder eben eine fruchtbare Phantasie.

»Sie haben hier einen Entrümplungsauftrag?«

»Ja, aber das Haus haben wir schon ausgeräumt. Ist Simons Baustelle. Jetzt arbeiten sie schon an den Leitungen.«

»Hat es sich gelohnt?«

»Dies und das findet sich immer.«

Zerbrochene Gartenmöbel, ein schimmeliger Sonnenschirm, ein verkohlter Gartengrill, eine Matratze, die von regem Verkehr zeugte, ein Bollerwagen ohne Räder, eine Standuhr – okay, die mochte Yves' Möbelabteilung ergänzen –, allerlei kaputtes Kinderspielzeug, schlaffe Bälle, kopflose Puppen, ein Laufstall.

Yves wuchtete die Uhr von der Wand, und Xavier griff mit zu. Sie gongte leise.

»Wem die Stunde schlägt«, murmelte Kelda.

»Sie hat mehreren geschlagen«, brummte Xavier und stellte sie im Sonnenlicht an der Hauswand ab.

»Sieht gut aus!«, meinte Yves und strich über das staubige Holz. »Wird sich bald einer für interessieren.«

Kelda aber interessierte plötzlich Xaviers Bemerkung mehr.

»Wem hat die Stunde geschlagen?«

Er grinste sie an. »All den Bewohnern, die in diesen Mauern gestorben sind, natürlich.«

»Willst du dem Mädchen deine Schauergeschichten erzählen?«, grummelte Yves.

»Ich würde sie gerne hören. Seit ich die Nacht in Ihrem Haus verbracht habe, bin ich geradezu süchtig nach Schauergeschichten.«

Xavier schnaubte. »Das ist was ganz anderes.«

Aber er hockte sich auf einen wackeligen Stuhl, zog ein Päckchen Tabak aus der ausgebeulten Hosentasche und begann sich eine Zigarette zu drehen.

»Alte Häuser haben auch Geschichten. Und manche Gefühle bleiben in den Ecken hängen. Gute wie böse. Manche spüren es. Manche sehen es. Manche hören es. Simon spürt, ich sehe und höre.«

»Macht es Ihnen Angst?«

»Manchmal ja. Manchmal macht es mich auch glücklich. Das hier ist ein gutes Haus. Obwohl die Deutschen darin gewohnt haben.«

»Mieter?«

»Pff. War ein Hauptquartier. Ein Haufen Offiziere, die die armen Affen kommandiert haben, die den Westwall verteidigen sollten.«

»Sie mögen die Deutschen nicht?«

»Nein. Sie haben meinen Vater und meine Schwester ermordet. Gefoltert und hingerichtet.«

»Xavier!« Yves war empört.

»Oh!«, entgegnete Kelda. »Das … das tut mir leid.«

»Braucht es nicht. Das warst nicht du.«

Dennoch war sie erschüttert. »Die Deutschen, die hier gewohnt haben?«

Er schüttelte den Kopf.

»Lass es ruhen, Xavier«, sagte Yves und reichte ihr seine Wasserflasche. »Kelda war mit Simon in der Chapelle Pol.«

Etwas unbeholfen, der Themenwechsel, aber Kelda ging darauf ein.

»Ja, aber wir haben weder die Schwingungen von Schiffbrüchigen noch von sündigen Priestern dort wahrgenommen.«

»Wohl kaum, das ist eine Stätte des Friedens. Saint Pol hält seine Hand darüber«, meinte Xavier. Er schien wirklich eine seltsame Glaubensmischung zu vertreten: christliche Heilige, spukende Geister, die Korriganen, wie Kelda sich erinnerte. Andererseits hatte sie auch schon einmal einen friedlichen Ort gefunden, der heidnisch und christianisiert zugleich war.

»Ich war auch am Men Marz und fand es sehr friedlich dort.«

Bedächtig nickte der alte Gnom und zog an seiner Zigarette. »Ja, der Men Marz. Ein guter Stein. Ist deiner oben geblieben?«

Ups, konnte er hellsehen?

»Ähm, ich habe einen Kiesel auf diesen Vorsprung geworfen, ja. Er ist oben geblieben.«

»Gut, gut. Dann wirst du bald einen guten Mann finden.«

»Ich suche aber nach gar keinem.«

»Macht ja nichts. Er wird dich eben finden. Das ist so mit dem Men Marz. Darum gehen die jungen Frauen zu ihm.«

»Ich habe ihn aber nicht darum gebeten.«

»Warum hast du denn sonst den Stein hochgeworfen?«

Gute Frage.

»Er lag einfach so in meiner Hand …«

»Nichts geschieht einfach so.«

»Na gut. Aber ich habe eben gerade die Beziehung zu meinem Freund beendet. Mir steht nicht der Sinn nach einer neuen.«

»Manches kannst du nicht beeinflussen. Nicht, wenn du am Men Marz warst.«

Er glaubte fest daran. Also widersprach Kelda ihm nicht weiter. Lieber wollte sie noch etwas über die ortsübliche Elfen- und Gnomenpopulation erfahren, mit der er laut Simon auch in Kontakt stand, aber da sah sie, wie ein Radfahrer hinter Marie-Claudes Wagen anhielt.

Ein sehr bekannter Radler.

»Mist, Matt kreuzt hier gleich auf.«

»Dein Freund?«

»Exfreund. Er ist ständig hinter mir her und macht mir Szenen.«

»Das gehört sich nicht. Soll ich ihn zusammenschlagen?«, fragte Xavier und grinste erfreut.

»Wär schön, aber er ist sehr sportlich.«

»Das bin ich auch.«

»Kelda, setzen Sie sich hinten auf den Lieferwagen. Ich fahre Sie runter zum Strand, und Sie machen einen hübschen Spaziergang zurück. Bis dahin hat Xavier ihn vergrault.«

Yves' Vorschlag gefiel Kelda weit besser als eine Prügelei zwischen einem achtzigjährigen Kauz und Matt. Sie hockte sich also zwischen zwei alte hölzerne Fässer und eine Seekiste und wurde kräftig durchgeschüttelt. Allerdings nicht lange, dann hielt Yves wieder. Sie stieg aus und fand sich auf der großen, sandigen Fläche hinter der Düne, auf der eine Ansammlung von Pkws parkte.

»Es ist Ebbe, verlauf dich nicht. Am Bunker da hinten gehst du wieder über die Düne, dann bist du gleich am Haus. Wir haben da noch zwei Stunden lang zu tun.«

»Okay. Danke, Yves.«

»Nichts zu danken.«

Kelda ging zu dem mit einem verwitterten Holzgeländer begrenzten Durchgang durch die mit graugrünem, sehr scharfkantigem Gras bewachsene Düne. Vor ihr dehnte sich der weiße, schimmernde Strand aus. Er wirkte leer, das Meer hatte sich weit zurückgezogen, die wenigen Sonnenhungrigen verloren sich in der Weite.

Sie zog die Sandalen aus und lief barfuß durch den heißen Sand zum feuchten Watt. Wellig war der Boden, in den Vertiefungen warmes Wasser, kleines Getier tummelte sich in den Pfützen. Weiter vorne ragten die Felsen auf, von denen man bei Flut nur die Spitzen sehen konnte. In ihre Richtung wanderte sie, genoss den Wind, der ihr entgegenwehte, schnupperte die salzige Luft und lauschte dem Gelächter der Möwen, die sich erhoben, wenn sie sich ihnen näherte. Rinnsale zogen sich durch den Sand, manche knöcheltief, bei anderen musste sie sogar ihre Shorts ein Stückchen hochziehen. Vereinzelt lagen glitschige Quallen herum, Muscheln, grüne Algen, die wie nasser Blattsalat aussahen, Seeigel, kleine Krebse. Wenig Zivilisationsmüll, wofür sie dankbar war. Teile einer zerbrochenen Boje, ein Stück Tau, ein Placken Öl war alles, was ihr auffiel.

Nach einer Weile merkte Kelda, dass sie sich immer weiter vom Strand entfernt hatte, und ließ ihren Blick rundum schweifen. Das Wasser war noch immer weit draußen, man konnte kaum die Brandung erkennen. Auf der einen Seite der Bucht ragte ein Kirchturm auf, dann folgte die Düne. Sie erstreckte sich so weit, dass sie das Ende der Bucht nicht ausmachen konnte. Sie hielt sich also an den Kirchturm und nahm ihre Wanderung in diese Richtung auf. Yves hatte schon ganz recht, man konnte sich auf dieser weiten Fläche schnell verlaufen, wenn man sich keine Markierungspunkte gemerkt hatte.

Aber der Spaziergang tat ihr gut, und ihre Gedanken schlenderten neben ihr her, ohne sich an etwas Besonderem festzumachen. Erst als sie den Traktor mit dem Anhänger sah, kehrten sie zu der alten Geschichte von Herri Trobiant zurück. Denn der Anhänger war mit einer mächtigen Ladung brauner Algen beladen. Wie breite Bänder sammelten sie sich an der Wasserlinie am Strand, und wie es schien, wurden sie noch immer gesammelt und irgendwo verarbeitet. Kosmetikprodukte aus Algen wurden gerne in den hiesigen Geschenkläden angeboten. Duschgel, Cremes, Seifen in freundlichem Meerblau, zusammengepackt mit

Muscheln und Schwämmen in kleinen Körben, schienen sie ein beliebtes Mitbringsel zu sein. Kelda hatte auch schon einige Hinweise auf Wellnessinstitute gesehen, die eine Thalasso-Therapie anboten. Das war eine spezielle französische Form der Badekur, bei der neben Luft, Sonne, Schlick und Salzwasser auch Algen verwendet wurden. Man konnte für eine einfache Wanderung am Meer auch richtig Geld ausgeben …

Und mit Algen konnte man schon immer Geld verdienen. Das Meer war großzügig zu den Küstenbewohnern. Weshalb die Bretagne vermutlich schon sehr früh besiedelt worden war. Die Megalith-Kultur war hier sehr ausgeprägt. Nicht nur die allerorts vorhandenen Menhire gaben Zeugnis davon, auch die langen Steinreihen, wie man sie mehr südlich fand. Carnac war eine der größten Anlagen, bei Weitem aber nicht die einzige Ansammlung von Steingehegen. Auch Steinkreise fand man immer wieder und vor allem Dolmen. Jene mit Steinplatten überdeckten Höhlen, wie sie auch in Schottland und Irland zu finden waren. Einige hatte man wiederhergestellt, mit Erde und Grassoden überdeckt, so dass sie wie die Behausungen der Hobbits wirkten. Und natürlich standen sie in dem Ruf, Feenhügel zu sein.

Später hatten sich die Kelten hier angesiedelt, die die Monumente ihrer Vorgänger unberührt ließen, sie aber in ihre Mythologie mit aufnahmen. Erst die Christen hatten angefangen, sie zu zerstören oder mit ihren Kreuzen zu verzieren.

Doch irgendwie beschlich Kelda das Gefühl, dass die alten Mächte das Land hier nicht verlassen hatten. Sie waren beharrlicher als Weihwasser und Psalmen. Was wiederum die Einstellung solcher Menschen wie Xavier dazu erklärte.

Sie erreichte den Wassersaum mit seinen Muschelscherben und Algenhaufen und überquerte ihn vorsichtig. Immerhin hatte sie die richtige Richtung gewählt, vor ihr in der Düne lag ein hässlicher Klumpen Beton – der Bunker.

Alles hat seine Geschichte, hatte Xaver gesagt.

Und Geschichte gab es tatsächlich sehr viel hier. Steinerne Geschichte – hier nicht als Menhir oder Dolmen, sondern als Schutzwall – der Westwall, eines dieser überheblichen Projekte einer unrühmlichen Vergangenheit. Solide Arbeit, die schon Jahrzehnte überdauert hatte und auch noch Jahrzehnte von Anmaßung und menschlicher Idiotie zeugen würde.

Kelda stapfte durch den losen Sand hin zu dem Durchgang durch die Düne, aber noch hatte sie keine Lust, zurück in die Zivilisation zu kehren. Darum setzte sie sich in eine grasige Mulde und sah auf die Bucht hinaus. Ein paar Kinder spielten mit Frisbee-Scheiben, ein Hund tollte durch die Wasserpfützen, Muschelsammler harkten das Watt auf.

Luc le Gamache war nie wieder hierher zurückgekehrt, obwohl er das Land liebte.

Warum?

Der Sog war doch so mächtig.

Was mochten er und sein Vater für Menschen gewesen sein? Herri war sicher geschäftstüchtig. Als Fischer, Goëmonier hatte er seinen Lebensunterhalt bestritten. Der Schmuggel verschaffte ihm ein Zubrot und – Abenteuer. Luc hatte ihn begleitet, und da beide Bretonisch, nicht Französisch sprachen, mochte die Verständigung mit den walisischen Abnehmern wenig Probleme bereitet haben. Weshalb er vermutlich auch zunächst in Cornwall ansässig wurde.

Geschäftstüchtig, hart arbeitend, abenteuerlustig.

Solche Männer konnten sehr attraktiv sein. Sechzehnjährige Bürgermeistertöchter erlagen ohne Zweifel ihrem rustikalen Charme. Aber war die Ehe, die daraufhin geschlossen wurde, glücklich? Oder war der Rausch der Leidenschaft schnell verflogen? Herri hatte seinen Sohn – für einen Mann jener Zeit ein Gewinn. Wenn nicht emotional, so doch in arbeitstechnischer Hinsicht. Jeanne aber hatte keine weiteren Kinder bekommen. Ungewöhnlich in jener Zeit. Hatte sie Fehlgeburten? Oder waren andere Kinder im Kindbett verloren? Oder verwehrte sie sich ihrem Gatten im Bett? Oder hatte er sich mit anderen vergnügt?

Wenn sie eine so zänkische, auf ihren Stand bedachte Frau im Alter gewesen war, dann war Jeanne es sicher in ihrer Jugend auch schon gewesen. Und hatte vermutlich dem armen Herri das Leben mit ihren Ansprüchen zur Hölle gemacht.

Kelda lächelte vor sich hin.

Wie viel mochte Simon von Luc le Gamache geerbt haben? Sie war neugierig auf das Foto, von dem er gesprochen hatte. Zumindest war auch Simon ein harter Arbeiter, und geschäftstüchtig war er auch, denn sonst hätte er nicht so schnell wieder Fuß gefasst.

Er sah inzwischen auch fraglos gut aus. Vielleicht sogar ein bisschen abenteuerlich.

Warum hatte sie eigentlich diesen blöden Stein auf den Menhir geworfen?

Diesen Gedanken schüttelte Kelda jedoch mit Nachdruck ab und stand auf, um zu der Villa zurückzukehren, wo ihr Auto stand. Zwei Stunden waren vergangen, und so lange würde Matt sicher dort nicht ausgeharrt haben.

Herkunftsgeschichten

An manchen Tagen war das Miststück freundlich. Und Soquette, die in der drückenden Luft ein wenig schlaff zwischen den Stockrosen lag und nur dann und wann träge mit den Ohren zuckte, wenn eine Mücke sie umsirrte, hob langsam die Lider, als Gwenaëlle sich an die rote Blüte hängte und leise zu schaukeln begann.

»Wird ein Gewitter geben«, fing sie mit süßer Stimme eine Konversation an.

»Was du nicht sagst.«

»Ja, sag ich. Ich freue mich schon drauf.«

»Du willst gut Wetter machen?«, spöttelte Soquette und streckte sich – einmal vorne lang, einmal hinten lang, einmal Buckel in der Mitte.

»Ich hab keinen Stress mit dir«, säuselte Gwenaëlle.

»Nicht? Und warum machst du mir dann immer das Revier streitig?«

»Weil ich so viel länger hier lebe als du. Da entwickelt man eben seine Gewohnheiten.«

Soquette überdachte das und musste ihr recht geben. Man entwickelte so seine Rituale und Eigenheiten, wenn man sich irgendwo niederließ. Und natürlich war die Korrigane schon vor ihr hiergewesen.

»Wann bist du denn hier eingezogen?«, fragte sie also friedfertig. Die Schwüle reizte sie nicht eben zum Herumstreunen und Mausen, sondern lud zu einem entspannten Plausch ein. Und da Gwenaëlle sich gesellig zeigte, legte sie sich gemütlich hin und stellte die Ohren auf.

»Tja, weiß ich nicht mehr so genau«, sagte die Korrigane

und ließ sich von der Stockrose fallen. Sie setzte sich im Schneidersitz neben Soquette und hatte einen versonnenen Ausdruck im Gesicht. »Das war schon, bevor die Leute mit den Steinen hier lebten. Da war mein Clan bereits seit langer Zeit hier ansässig. Dann kamen die ersten Menschen, und wir teilten uns das Revier.«

»Teiltet euch das Revier? Konnten die Menschen euch sehen?«

»Ja, damals konnten die Menschen das noch. Aber sie verloren mit der Zeit diese Fähigkeit. Die anderen, die nach ihnen kamen, bemerkten uns nur noch an ganz besonderen Stellen oder zu ganz besonderen Zeiten.«

»Wann und wo?«

»An den alten Steinhügeln und Menhiren zum Beispiel. Oder an den Quellen. Und dann auch nur noch zu den Sonnenwenden und Tagundnachtgleichen. Oder manchmal in den Dämmerstunden.«

»War das nicht doof für euch?«

»Nö. Praktisch. Man kann den Leuten, die einen nicht sehen, so schön Streiche spielen.«

»Das machst du ja gerne.«

»Weißt du eigentlich, wie langweilig das Leben über die Jahrtausende werden kann.«

Soquette stellte fest, dass ihr Gwenaëlle plötzlich ein bisschen leidtat. Sie schnurrte leise, und die Korrigane blinzelte überrascht.

»Das hat schon lange keine Katze mehr bei mir gemacht«, flüsterte sie und kam näher.

Soquette schnurrte lauter. Sie konnte nicht anders, sie war ein mitfühlendes Wesen. Gwenaëlle schmiegte sich vorsichtig an sie, und ihre hauchzarten Flügel begannen zu vibrieren. Mit ihren langgliedrigen, zarten Fingern kraulte sie das Katzenfell im Nacken, und das Schnurren wurde noch heftiger. Zufrieden saßen die beiden für eine lange

Weile unter dem sich mehr und mehr verdüsternden Himmel.

Die Harmonie nahm jedoch ein jähes Ende, als Kelda mit dem Sahneschälchen in der Hand auf die Terrasse trat.

Gwenaëlle zuckte auf und flatterte hoch.

»Meins!«, quiekte sie.

Geschichtsforschung

Es war im Laufe des Nachmittags immer schwüler geworden, und am Abend lag Soquette sozusagen mit hängenden Ohren zwischen den Stockrosen an der Terrasse. Kelda hatte das übliche Sahneschälchen in der Hand und dachte an nichts Böses, als sie plötzlich wie von der Tarantel gestochen aufsprang, ihr die Krallen ins Hosenbein schlug und versuchte, sie zu beißen.

»Soquette, spinnst du denn?«

Kelda verschüttete die Sahne und versuchte, die wildgewordene Katze loszuwerden. Sie war froh, dass sie Jeans mit langen Beinen angezogen hatte und nicht in kurzen Hosen herumlief.

Soquette blitzte sie rachsüchtig mit ihren grünen Augen an und versuchte erneut, sie zu beißen. Dann ließ sie urplötzlich von ihr ab und hetzte über Tische und Stühle. Zwei Väschen mit Rosen gingen zu Bruch, ein Kerzenleuchter schepperte zu Boden.

Kelda stand verdattert mit dem leeren Schälchen in der Hand in der Tür und fragte sich zum wiederholten Male, was dieses Untier dazu antrieb, sich dermaßen aufzuführen.

»Ist sie ist schon wieder durchgedreht?«, fragte Marie-Claude hinter ihr.

»Ja, erst hat sie mich angefallen, dann ist sie losgeschossen wie ein Kugelblitz. Heute gibt es keine Sahne mehr. Ich wische das auf.«

»Lass nur, ich mache das schon. Wir bekommen ein Gewitter. Wahrscheinlich liegt es daran. Nicht nur wir Menschen spüren den herannahenden Sturm.«

»Da ist wohl etwas dran. Es ist wahnsinnig stickig. Ich gehe noch ein Stückchen den Zöllnerpfad lang.«

»Bleib nicht zu lange. Das Wetter kommt schnell hier!«

Marie-Claude hatte recht, das Gewitter kam keine Stunde später von See, und es war ein spektakulärer Anblick. Kelda war froh, dass sie ihn von ihrem Zimmerfenster aus genießen konnte. Soquette war hinter ihr die Stiege hochgeschlichen und hatte sich leise gurrend um ihre Beine gewickelt, während es draußen blitzte und krachte und der Sturm die Schieferplatten klappern ließ.

»Ist gut, Kleine. Entschuldigung angenommen.«

Kelda streichelte die Weißpfotige, und sie schnurrte so heftig, dass sie sich traute, sie auf den Arm zu nehmen. Heftig drückte sie ihr ihren rotgoldenen Kopf an die Schulter und rieb dann ihr Mäulchen an ihrer Wange.

»Ist gut, ist ja gut. Wir werden herausfinden, was dich so schrecklich aufregt, ja?«

»Mirr!«

Soquette legte sich zu ihr ins Bett, und Kelda träumte wieder einmal vom Schiffbruch. Und davon, dass Luc le Gamache sie rettete. Mit einem seltsam sehnsüchtigen Gefühl wachte sie auf. Zum Ende des Traumes hatte Luc sich nämlich in Simon verwandelt.

An diesem Vormittag traf Kelda dann auch eine Entscheidung. Sie würde Herri und Luc, sosehr sie ihre Geschichte interessierte, Simon überlassen. Dafür wollte sie sich etwas näher mit dem Filou Jerôme und seiner Gattin Jeanne befassen. Um sich einen Überblick über die damalige Situation in Brignogan und Umgebung zu machen, bat sie Marie-Claude, ihren PC benutzen zu dürfen.

Die Informationen, die Kelda aus den verschiedenen Internetseiten erhielt, gaben dem Bild, das sie sich bisher gemacht hatte, noch etwas Farbe. Der natürliche Hafen von

Pontusval war im Mittelalter ein Umschlagplatz für Wein, Getreide, Fleisch und Schiefer. Doch den eigentlichen Aufschwung erlebte der Ort 1904, als der Anschluss an die Eisenbahnstrecke ins Inland erfolgte. Nicht nur, weil damit der Transport der Handelswaren leichter wurde, sondern weil auch der Tourismus begann. Dreißig Jahre später wurde Brignogan als eigenständiger Ort anerkannt.

In dieser Blütezeit lebte der Filou Jerôme bereits hier. Er musste mit den ersten Interessenten an dem neu erblühten Badeort eingetroffen sein – ein Wagnis. Ein Spekulant, der Paris verlassen hat, vermutlich mit mehr Mut als Geld.

Der Hafen florierte ebenfalls, man handelte mit Salz, Eisen, Tonwaren, Holz und Mühlsteinen. Die Eisenbahn machte es möglich, auch schwere Güter zu transportieren. Es kamen auch die immer zahlreicher werdenden Touristen auf ihre Kosten. Die ersten Regatten wurden veranstaltet, im Hafen fanden sich die privaten Yachten ein, am Strand wuchsen hölzerne Badehäuschen, man genoss das Strandleben.

Jerôme wird in dieser Zeit gute Geschäfte gemacht haben, dachte Kelda, und Madame wird sich in der vornehmen Gesellschaft wohlgefühlt haben. Die kleine Delle, die die Weltwirtschaftskrise hinterlassen hat, schienen beide gut verkraftet zu haben – Immobilien waren schon immer eine sichere Angelegenheit gewesen.

Dann aber kam der Zweite Weltkrieg, und es wurde ungemütlich.

Warum wurde Jerôme erschossen und einbetoniert?

Auch hier fand Kelda nach einer intensiven Suche einige Hinweise. Die Deutschen hatten die Bretagne besetzt und mit dem Irrsinnsprojekt begonnen, den sogenannten Westwall zu errichten, eine Kette von Befestigungsanlagen und Bunkern entlang der gesamten Küste, um die mögliche Invasion vom Atlantik aus abwehren zu können. Die spätere

Geschichte hatte gezeigt, dass das eine Fehleinschätzung war. Aber während der Bauzeit war es für die Soldaten eine erfreuliche Abwechslung, fern von der Front einen bequemen Dienst am Strand zu schieben. Zumal die Bevölkerung ihnen nicht allzu feindselig gegenüber eingestellt war. Manche der jungen Männer halfen den Bauern bei der Ernte, bekamen zusätzliches Essen, freundeten sich mit den Mädchen an, lernten die Sprache – und später blieb der eine oder andere auch hier hängen.

Anders die Offiziere, insbesondere diejenigen, die hinter den Mitgliedern der Résistance her waren. Die Widerstandsbewegung der Bevölkerung wuchs mit der Dauer des Krieges, und insbesondere in der Kanalregion – Schmuggel gehörte nun mal schon immer zum Handwerk der Bewohner – bildeten sich mehr und mehr Gruppen, die Informationen weiterleiteten, Sabotageakte durchführten und die Bewegungen der Deutschen beobachteten. Allerdings gab es auch eine völlig andere Gruppierung ausgerechnet in der Bretagne, die höchst nationalistisch gestimmt war, eine rechte Partei und Organisationen, die sich an der deutschen SS orientierten, eine paramilitärische Gruppe, die zum Kampf gegen die Résistance gegründet wurde. Diese Kollaborateure waren allerdings nicht sonderlich beliebt.

Kelda stützte das Kinn in die Hände. Xaviers dürre Worte gingen ihr nicht aus dem Kopf. Sein Vater und seine Schwester waren von den Deutschen gefoltert und hingerichtet worden. Vermutlich waren sie Mitglieder der Widerstandsbewegung. Und vermutlich waren sie verraten worden. Auch wenn es schmerzlich für sie beide war, sie wollte den alten Mann noch einmal dazu befragen.

Zurück zu Jerôme!, befahl sie sich dann. Zu welcher Gruppe mochte er gehört haben? Oder gehörte er zu gar keiner? Filous wie er pflegten Opportunisten zu sein. Aber trotz allem hatte er sich einen tödlichen Feind geschaffen.

Die Düfte des Mittagessens krochen durch die Türritzen von Marie-Claudes Arbeitszimmer, und Kelda schaltete den Computer aus. Sie hatte genügend Fragen, die sie den vier Veteranen stellen konnte. Beschwingt lief sie in die Küche, band sich die Schürze um und nahm ihre Arbeit auf.

Geschichtsschreibung

Simon war am frühen Morgen nach Brignogan gefahren und hatte ebenfalls mit seinen Recherchen begonnen. Als Erstes suchte er das Pfarrhaus auf. Schon am Montag hatte er den Pfarrer gebeten, sich die Aufzeichnungen der Chapelle Pol durchzusehen und nach Messen für einen Schiffbrüchigen im Jahre 1912 zu suchen. Erfreut hörte er, dass der würdige Herr ihm mitteilen konnte, für Herri und Lukaz Trobiant seien im September 1912 drei Messen in der Kapelle gelesen worden. Und pünktlich am 15. September wurde Herris Leichnam angespült. Er war auf dem Friedhof von Brignogan beigesetzt worden. Vermerkt worden war außerdem, dass Herri Trobiant am 12. September 1912 zwischen Pontusval und dem Aber Wrac'h ertrunken war. Sein Sohn Lukaz blieb jedoch vermisst.

Simons zweites Ziel war die Mairie, und nach einem kleinen Flirt mit der grauhaarigen Amtsleiterin durfte er sich im Archiv mit den alten Dokumenten herumschlagen. Er hatte beschlossen, seinem Urgroßvater über die Eintragungen im Standesamt auf die Spur zu kommen.

Jetzt, da er endlich seinen richtigen Namen kannte, war es recht einfach, ihn in den Unterlagen ausfindig zu machen. Dort war verzeichnet, dass Lukaz, Sohn des Herri Trobiant und seines Weibes Jeanne, am 14. August 1898 das Licht der Welt erblickt hatte. Allerdings war die Adresse des Wohnortes mehr als schwammig. Portusval hatte damals eben weder Straßennamen noch Hausnummern gehabt. Dafür fand Simon aber die Todesmeldungen von Herri und Lukaz verzeichnet und – hier runzelte er die

Stirn – Jeannes und Jerômes Eheschließung gerade ein Jahr später. Madame hatte es ja sehr eilig gehabt, sich wieder zu vermählen.

Aber auch hier fehlte eine nachvollziehbare Adresse der Braut, während Bellard seinen Wohnsitz in Kerlouan angegeben hatte.

Doch Simon hatte sich bereits überlegt, dass Herris Witwe nach dessen Tod das Fischerhaus geerbt haben musste und dieses vermutlich, nachdem sie wieder verheiratet war, verkauft hatte.

Nach dieser Transaktion suchte er nun – ein mühseliges Unterfangen. Er begann mit Herris Todesjahr 1912, doch da gab es keinerlei Einträge. Auch ein Jahr später, als die Witwe Trobiant Jerôme Bellard geehelicht hatte, waren keine Verkäufe registriert. Jerôme hingegen war eifrig dabei, billige Grundstücke aufzukaufen und weiterzuveräußern. Vermutlich mit beträchtlichem Gewinn. Stutzig wurde Simon, als er den Eintrag zu Bellards Villa fand, die zu bauen er schon gleich nach seiner Heirat begonnen hatte – das Grundstück gehörte seiner Gattin. Hoppla – hatte Herri Trobiant etwa die Gewinne aus seinen Schmuggelgeschäften in Land angelegt? Ein vorsichtiger Mann würde das getan haben, befand Simon. Illegale Geschäfte schienen sich zu lohnen.

Schließlich hatte er sich bis 1930 vorgearbeitet, und hier ging ihm plötzlich ein Licht auf. Jerôme le Filou hatte womöglich finanzielle Einbußen während der Weltwirtschaftkrise erlitten, aber er hatte sich sehr schnell wieder erholt – weil er Land verkaufte. Und zwar das seiner Ehefrau. Viel Land. In bester Lage.

Herri war ein reicher Mann gewesen.

Jetzt war Jerôme es.

Und endlich fand er 1934 auch den Hinweis auf das Haus in Portusval, das an einen Joseph Bernard verkauft worden war. Wieder gab es keine Adresse, aber eine Gemarkungskennung. Über die Kennzeichnung würde er auf dem Lageplan recht schnell herausfinden, wo sich das Grundstück mit dem Haus seines Großvaters befand, vermutete Simon. Aber zunächst wollte er die Eigentumsverhältnisse der Parzelle weiter verfolgen. Nach dem Krieg wurde ein weiterer Verkauf getätigt, dann wurde das Haus an den Sohn des letzten Besitzers vererbt und vor drei Jahren an dessen Nachkommen überschrieben.

Und als Simon den Namen des derzeitigen Eigentümers las, brach er in schallendes Gelächter aus.

Die Suche nach dem Grundstück erübrigte sich.

Aber dann ging ihm auf, was geschehen war.

»Dieser Scheißkerl!«, knurrte er.

Zauberklänge

Die vier Veteranen hätten Kelda so gerne weitergeholfen, als sie sich nach dem Mittagsansturm zu ihnen setzte und ihnen einen Krug Cidre ausgab. Sie waren Jerôme begegnet, konnten den schmucken Filou beschreiben, die modischen Anzüge, die er zu tragen pflegte, die Goldzähne, die bei seinem herzlichen Lächeln aufblitzten. Den Pariser Akzent, den er nie abgelegt hatte, machten sie nach, aber über seine Einstellung zur Résistance oder den Kollaborateuren wussten sie nichts zu sagen. Sie waren in den ersten Kriegsjahren von der Generalmobilmachung betroffen gewesen und zur Marine eingezogen worden. Ihre Heimat war von den Deutschen besetzt worden, sie selbst taten auf den Kriegsschiffen Dienst. Überrascht hörte Kelda, dass Tomaz Kapitän zur See war, Loïc Schiffsingenieur und die beiden anderen Unteroffiziere gewesen waren. Sie hatte geglaubt, die vier seien einfach Matelots gewesen, aber ganz offensichtlich hatte sie sie deutlich unterschätzt. Tomaz bemerkte ihre Verlegenheit und zwinkerte ihr verschmitzt zu.

»Machen Sie sich nichts draus, Mädchen. Wir sind jetzt vier alte Kauze, die ihre Knochen in der Sonne wärmen und den jungen Frauen nachschauen. Unsere wilden Zeiten sind vorbei.«

»Außer wenn aufsässige Surfer ihre Rechnung nicht bezahlen wollen. Dann erinnern Sie sich an alte Schlachten«, gab sie lächelnd zurück.

»Ja, ja, für ein hübsches Mädchen lohnt es noch immer zu kämpfen«, krächzte Loïc.

»Die sind jetzt aus der Düne weg auf den Campingplatz hinter dem Leuchtturm gezogen«, fügte Dider hinzu.

»Gut, dass ich es weiß. Die Gegend werde ich meiden.«

»Gibt andere ansehnliche Jungs hier. Sie haben die Wahl, was, Tomaz?«

»Mein Gott, die fällt mir aber schwer, wenn ich Sie so betrachte. Liegt es daran, dass ich einen Stein auf den Men Marz geworfen habe, dass ich so begehrt bin?«

»Haben Sie das? Und er ist liegen geblieben?«

»Ja, ist er. Aber Xavier hat mir gesagt, ich würde *einem* Mann begegnen, nicht vieren.«

»Dann wird er wohl recht haben.«

Kelda flirtete noch ein bisschen mit den Veteranen, dann rief sie Marie-Claude zu, die mit der jungen Frau, die mittags in der Crêperie mithalf, in der Küche aufräumte, dass sie sich zu einem Spaziergang zum Hafen von Brignogan aufmachen wollte, um wenigstens ein bisschen von dem viel zu guten Essen der vergangenen Tage abzuarbeiten.

Eine frische Brise ließ die Wolkenbäuschchen über den Himmel fliegen, die Gischt wehte ihr dort, wo die Brandung gegen die Felsen donnerte, mit weißen Schaumflocken entgegen. Allerlei Seevögel trieben ihre Kapriolen in der Luft, als sie den Zöllnerpfad entlangwanderte.

Ob Simon sich wohl noch mal melden würde? Seit drei Tagen hatte sie nichts mehr von ihm gehört.

Der Traum ging ihr noch immer nicht aus dem Sinn. Gut, das unerwartete Wiedersehen, die Suche nach seinem Großvater, der dem Schiffbruch entronnen war, das alles waren natürlich wiedererkennbare Zutaten. Aber da war noch etwas mehr. Ein neues Gefühl. Noch war sie sich nicht ganz sicher, welcher Art es war.

Vor Jahren, als er um sie herumgeschlichen war wie ein treuer Hund, hatte sie ihn so gut wie gar nicht wahrgenommen. Er war eben da, wenn sie jemanden brauchte, der mit ihr ins Kino ging oder der mitkam, wenn kein anderer da war, der sie zu einem Ausflug begleiten wollte. Ein praktischer Nachbar, der dankbar nach jedem Knochen schnappte, den sie ihm zuwarf.

Er hatte sich verändert. Er war erwachsen geworden, natürlich. Oder nicht natürlich. Matt war nicht erwachsen geworden. Simon hingegen hatte wirklich an Format gewonnen und war jetzt irgendwie – interessant. Auf gar keinen Fall aber war er der sie stumm anhimmelnde Nachbar mehr. Kelda gestand sich ein, dass seine Zurückhaltung sie irgendwie reizte. Betraf sie nur sie, oder hatte er seit seiner offensichtlich missglückten Ehe den Frauen im Allgemeinen abgeschworen?

Sie wanderte vorwärts, doch ihre Gedanken wanderten zurück. Erinnerungen an lange, tiefgründige Gespräche tauchten auf, Gespräche über Gott und die Welt, wie man sie nur in jenen jungen Jahren wirklich ernsthaft führen konnte. Simon, wenn er denn seine Schüchternheit ablegte, konnte gut zuhören und ebenso gut diskutieren und auch erzählen. An einen Besuch einer Burg erinnerte sie sich. Das alte Gemäuer hatte sie wenig interessiert, aber ihre Clique hatte unbedingt eine Ausstellung dort besichtigen wollen. Angeödet war sie mitgetrottet, aber irgendwann hatte Simon angefangen, ihr das alte Gemäuer zu erklären, hatte es mit Gestalten gefüllt, die darin gelebt, geliebt, gesoffen und gekämpft hatten.

Eine lebhafte Fantasie hatte er entwickelt – Visionen vielleicht sogar, wie diese Burgruine einst ausgesehen, was sie für die Menschen bedeutet hatte. Und weil er die Geschichte in den Steinen las, war er vermutlich ein so guter Architekt geworden. Marie-Claudes Haus hatte er zu einem Schmuckstück umgebaut, und bestimmt würde die Villa, die er gerade renovierte, bald ein prächtiges, aber auch komfortables Heim werden.

Eine verwehte, leise Flötenmelodie mischte sich zwischen das Rauschen der Wellen und das Möwengeschrei. Eine seltsame, sehnsüchtige Musik, nicht ganz irdisch, doch der wilden Küste mit ihren Felsen, dem Sand, dem harten Dünengras angemessen.

Kelda blieb stehen und lauschte ihr entzückt, versuchte, herauszufinden, woher sie stammte. Doch der Wind ließ sie zerflattern wie die Wolken am Himmel. Langsam ging sie weiter, erreichte die kleine Landzunge mit dem einsamen Haus darauf. Hier endete der Küstenweg, das umzäunte Grundstück verhinderte, dass sie am Ufer weitergehen konnte. Sie nahm einen schmalen Pfad entlang den Feldern. Anis duftete, wenn sie mit der Hand über die grünen Dolden streifte, blutrot leuchteten Heckenrosen an der Feldsteinmauer, Brombeerranken hakelten nach ihren Hosenbeinen. Dann kam wieder das Meer in Sicht, die Bucht und die kleine Mole, die sich an dem Hafenbecken entlangzog, in dem einige Segelboote lagen. Und in das Klirren und Klingeln der Masten mischten sich wieder die Flötentöne. Diesmal war es leichter, ihren Ursprung zu erkennen. Eine junge Frau, schmal, fast ein Kind noch, saß auf einem rundgewaschenen Felsen. Ihr blaues weites Shirt bauschte sich in der Brise, ihre langen braunen Haare flatterten im Wind. Selbstvergessen spielte sie auf ihrem Instrument, komplizierte Läufe, sich wiederholend, sich wandelnd, luftig, leicht, doch voller Weh und Hoffnung.

Kelda traute sich kaum aufzutreten, so leise wie möglich näherte sie sich, um das feenhafte Geschöpf nicht zu stören. Doch sie schien zu versunken in ihre Kunst, bemerkte sie nicht. Langsam ging sie an der Flötenspielerin vorbei auf die Mole, setzte sich dort nieder und ließ die Beine baumeln und gab sich dem Zauber des Augenblicks hin.

Der Zauber wurde auch nicht unterbrochen, als sich ihr ein Arm um die Schultern legte und sie an einen warmen Körper gezogen wurde.

»Simon?«, flüsterte sie.

Der Arm fiel herunter.

»Du hast einen neuen Freund?«

Erschrocken fuhr Kelda herum. »Matt. Du schon wieder!«

»Ja, ich. Hallo, Kelda.«

Sie kam etwas mühsam auf die Füße und wollte an ihm vorbei. Doch auf der schmalen Mole verstellte er ihr den Weg. Sie besann sich. Vorbeidrängen konnte sie sich nicht an ihm, und sein letzter, schon fast gewalttätiger Auftritt im Supermarkt war ihr noch in übler Erinnerung. Es war besser, Entgegenkommen zu zeigen, bevor sie Gefahr lief, ins Wasser gestoßen zu werden.

»Hallo, Matt. Wollen wir ein Stück am Hafen lang gehen?«

»Wir können uns auch hier hinsetzen. Ich muss mit dir reden, Kelda.«

»Ich sitze schon lange genug hier, mir sind die Beine eingeschlafen. Lass uns bitte gehen.«

Endlich gab er den Weg frei. An der Hafenmauer lehnte sein Fahrrad. Woher wusste er, verdammt noch mal, immer, wo er sie alleine antreffen konnte?

Die Flötenspielerin war verschwunden, und Kelda schlug den Weg zur Straße ein, die zum *Marée bleue* führte. Der Weg war wesentlich kürzer als der Zöllnerpfad, der sich an der Küste entlangschlängelte. Sie hoffte, Matt spätestens an der Crêperie loszuwerden.

Er hob sein Rad auf und schob es neben ihr her.

»Kelda, ich … ich entschuldige mich, ja? Ich habe mich blöd benommen, weißt du.«

»Stimmt. Aber gut, vergessen wir das.«

»Ja, wirklich. Du, wir haben jetzt das Womo auf dem Campingplatz am Leuchtturm abgestellt. Willst du dir das nicht mal ansehen?«

»Nein, Matt.«

»Kelda!« Seine Stimme klang zutiefst unglücklich.

»Nein, Matt. Du musst es endlich einsehen – es ist vorbei.«

»Aber warum denn nur? Nur wegen dieser dummen Sache mit dem Segelboot? Mann, Kelda, früher hast du so was einfach sportlich genommen.«

»Es ist nicht nur das Kentern, Matt. Das war lediglich der letzte Auslöser. Schau, ich habe es dir schon mehrmals erklärt – ich komme mit deiner Art zu leben nicht mehr klar. Ich möchte ein anderes Leben führen.«

»Du möchtest – aber was ich möchte, das interessiert dich nicht.«

»Matt, was möchtest du denn?«

»Ich möchte dich zurück, Kelda. Du fehlst mir. Du fehlst mir jede Nacht.«

Er hatte ein Schluchzen in der Stimme, und Kelda fühlte sich elend. Sie schwieg.

»Kelda, wenn ich dir verspreche, mich nach den Ferien nur noch meinem Studium zu widmen. Ich mache noch nächstes Jahr meinen Abschluss, echt.«

Er hatte es schon so oft versprochen.

»Ich jobbe auch zwischendurch und zahle meinen Anteil an der Miete.«

Die Straße machte eine Kehre, und der Leuchtturm schimmerte weiß im Sonnenlicht.

Kelda schwieg.

Matt legte das Fahrrad an den Straßenrand und nahm sie bei den Schultern.

»Kelda, ich liebe dich doch.«

»Matt, ich liebe dich nicht mehr. Verstehst du denn nicht – manches kann man nicht zurückholen.«

»Aber warum nicht? Ich brauche dich doch.«

»Eben. Du brauchst mich, darum willst du unbedingt, dass ich bei dir bleibe. Aber was ist mit den Mädchen, die jetzt dein einsames Bett wärmen?«

»Ach die. Komm, sei nicht eifersüchtig. Die bedeuten doch nichts.«

»Dir vielleicht nicht, aber für mich, Matt, sind sie nur ein Zeichen mehr, dass deine Art zu leben nicht der meinen entspricht. Und nun lass mich los.«

Das aber tat er nicht, sondern zog sie mit festem Griff an sich, um sie stürmisch zu küssen. Sie wehrte sich, und das Ganze artete zu einem unwürdigen Gerangel am Straßenrand aus.

Ein Wagen hielt, kurzfristig lockerte Matt seinen Griff, und Kelda gelang es, sich zu befreien.

Offroader, staubig.

Simon stieg aus.

»Probleme, Kelda?«

»Uh, ja, ein paar.«

»Ist der das?«, giftete Matt plötzlich. Und mit geballten Fäusten ging er auf Simon los. Kelda keuchte erschrocken auf, als er zuschlug. Doch Simon wich erstaunlich geschmeidig aus, Matts Knöchel knallten herzhaft auf den Fensterholm des Offroaders.

»Mein Wagen ist staubig und ein bisschen zerkratzt, aber Beulen sollte er eigentlich nicht bekommen«, meinte Simon ruhig. Und als Matt erneut auf ihn losging, hakte er irgendwie seinen Fuß um dessen Standbein, und Matt setzte sich unsanft auf den Hintern.

Kelda erwachte aus ihrer Starre und schlüpfte auf den Beifahrersitz. Simon stieg ein, schlug die Tür zu und gab unwirsch Gas. Eine Sandwolke hüllte Matt ein.

»Ständig taucht er auf. Und jedes Mal macht er mir eine Szene«, murmelte sie.

»Tja, wir Männer sind schon eine Last.«

Keldas Wut verrauchte, und sie merkte, dass ihr das Blut zu Kopfe stieg. Auch Simon war ihr früher manchmal eine Last gewesen, die sie bedenkenlos abgewimmelt hatte.

»Nicht alle Männer«, murmelte sie betreten. »Es gibt auch solche, die im richtigen Augenblick auftauchen.«

»Wann war je der richtige Augenblick, Kelda?«

Er parkte vor dem *Marée bleue* ein und sah sie an.

»Nun – oh, zum Beispiel, als ich neben Jerôme im Keller gefangen war.«

Sie sah ihm in die Augen. Blaue Augen. Um die sich eben jetzt winzige Lachfältchen bildeten.

»Der Retter in der Not. Immer gerne zu Diensten. Ob lästige Ex oder goldzahnige Filous.«

Er nahm es leicht, machte sich wieder lustig. Verwirrt stieg Kelda aus. Simon folgte ihr.

»Ich muss mit Marie-Claude und Paulette sprechen. Und du wirst sicher auch hören wollen, was ich zu deinem Freund Jerôme und meinen Urgroßeltern herausgefunden habe.«

»Hast du etwas gefunden?«

»O ja!«

Sie schaute auf die Uhr. »Wir öffnen gleich. Aber so gegen elf, wenn die Gäste gegangen sind, sitzen wir meist noch eine Weile zusammen auf der Terrasse. Komm doch dazu.«

»In Ordnung. Dann bis später!«

Zauberstückchen

Soquette war sich ziemlich sicher, dass Gwenaëlle irgendeinen Unfug vorhatte. Nach dem abendlichen Kampf um die Sahneschüssel – Soquette hatte diesmal den Sieg davongetragen und leckte sich noch immer die letzten Milchmoleküle aus den Schnurrhaaren – beobachtete sie, wie die spitzohrige Korrigane die vier Menschen umflatterte, die sich auf der Terrasse zusammengesetzt hatten und eifrig diskutierten. Es musste etwas ungeheuer Wichtiges sein, denn sie nahmen nichts, aber auch gar nichts anderes um sich herum wahr. Nicht einmal, als Gwenaëlle über Simons Kopf kreiste und ihm ein Haar und dann ein zweites auszupfte. Er hatte sich nur geistesabwesend am Kopf gekratzt.

Anschließend hatte das Miststück sich auf die Mauer gesetzt und wieder begonnen, aus den beiden braunen Haaren und einem von Keldas langen schwarzen einen Ring zu flechten. Den wiederum verband sie mit dem, den sie am Tag zuvor hergestellt hatte.

Was hatte sie damit vor?

Diesen Wesen war nicht zu trauen. Sie hatte ja selbst zugegeben, dass sie Menschen gerne Streiche spielte. Soquette schlich sich von hinten an und beobachtete die flinken Finger, die geschickt ein verzwicktes Knotenmuster aus den Haaren herstellten. Hübsch sah es ja aus, aber dass Gwenaëlle sich dabei mit einem seltsamen Gesang begleitete, machte Soquette misstrauisch. Es waren komplizierte Tonläufe, sich wiederholend, sich wandelnd, luftig, leicht, doch voller Weh und Hoffnung.

Webte sie einen Zauber hinein?

Ganz gewiss. Solche wie die beherrschten die Magie.

Und nicht immer zum Guten!

Soquette mochte Kelda. Und Simon war auch einer der netten Menschen. Er gab ihr Leckerchen, und er konnte wundervoll kraulen.

Es galt einzugreifen.

Mausen war eine Angelegenheit, die Geduld, Sprungkraft und Geschwindigkeit erforderte. Diese Fähigkeiten plante Soquette jetzt auch einzusetzen, um dem Weben ein Ende zu bereiten. Geduckt hockte sie sich ins Gras und wartete auf ihren Augenblick. Jetzt waren die Ringe fertig, und Gwenaëlle drehte sie zufrieden in den Händen.

Soquette ruckelte sich zurecht. Machte sich zum Absprung bereit. Ihr Schwanz peitschte durch das Gras.

Die Korrigane murmelte dumpfe Beschwörungen.

Soquette spannte sich an. Sprang.

Gwenaëlle schwebte hoch.

Soquette landete unsanft neben dem Tisch. Der wackelte, ein Glas kippte um und ergoss den Wein über ihre Ohren.

Gwenaëlle kicherte.

»Miststück«, fauchte Soquette und schüttelte sich.

»Soquette, was soll das denn!«, schimpfte auch Marie-Claude.

Kelda hingegen wischte ihr mit der Serviette das fiese Zeug aus dem Fell. Manche Menschensachen waren zwar richtig gut – Leberpastete, gekochter Schinken, Eigelb und Sahne zum Beispiel. Wein gehörte hingegen nicht zu Soquettes Lieblingsgetränken.

»Manchmal, Marie-Claude, habe ich das Gefühl, dass deine Katze irgendwelche Geister jagt.«

»Eingebildete Mäuse vermutlich. Dummköpfchen!«

Empört drehte Soquette Marie-Claude den Hintern zu.

Wenn die wüsste!

Und überhaupt, wo war das spitzohrige Miststück?

Soquette sah sich um. Da! Ja, da oben flatterte Gwenaëlle. An Keldas Schlafzimmerfenster. Egal, was die Leute jetzt von ihr dachten, sie musste hinterher. Sie raste los. Ins Haus, die Stiegen hoch, durch die Tür in den Raum unter dem Dach. Und gerade noch konnte sie sehen, wie die Korrigane die beiden Haarringe in Keldas Kopfkissen steckte und dann flugs durch das offene Fenster entschwebte. Ihr Kichern hörte sie noch, als sie ihren Blicken längst entschwunden war.

Das war Unfug. Ganz gewiss war das ein ganz grober Unfug. Der musste verhindert werden. Aber wie? Soquette sah auf ihre Pfoten. Mit den Krallen wäre es ihr ein Leichtes, den Kissenbezug zu zerfetzen. Aber dann würde sie wieder nur gescholten werden.

Besser wäre es, wenn Kelda selbst die Haare finden würde.

Wenn sie zu Bett ging. Genau. Sie hatte es ja gerne, wenn sie sich zum Einschlafen eine Weile zu ihr legte und ihr etwas vorschnurrte.

Aber obwohl es schon dunkel geworden war, machten die Menschen unten auf der Terrasse keine Anstalten, schlafen zu gehen. Es musste wirklich etwas Aufregendes sein, was es zu beraten gab. Soquette trabte wieder zu ihnen, um zu lauschen, ob sich etwa eine Veränderung anbahnte, die sie selbst betraf. Veränderungen mochte sie nämlich nicht so gerne.

Aber das schien nicht der Fall zu sein, Paulette erzählte gerade von irgendeiner Jeanne, über die sie sich geärgert hatte, und Kelda betrachtete versonnen eine Fotografie.

Das Menschengemurmel zusammen mit dem Rauschen der Flut machte Soquette dösig. Sie schlummerte unter dem Tisch ein, und als sie wieder aufwachte, war die Terrasse leer, die Lichter hinter den Fenstern waren erloschen, und die Haustür hatte man verschlossen.

Dumm gelaufen, knurrte sie und verzog sich unter einen Hortensienbusch.

Zauberwirken

Als Kelda am Morgen erwachte, hatte sie das Kopfkissen fest umarmt und an ihre Brust gerückt. Verwirrt blinzelte sie in die Sonnenstreifen, die durch die Fensterläden fielen, und ließ das Kissen los. Schon wieder hatte sie äußerst intensiv von Luc le Gamache und dann von Simon geträumt. Nicht unangenehm, nein, wirklich nicht. Und sicher auch nicht unerwartet. Bis spät in die Nacht hatten sie über Simons Großvater gesprochen, und sie hatte die alte Fotografie von ihm lange betrachtet.

Lächelnd knuffte sie das Kissen noch einmal.

Erstaunlich, was Simon herausgefunden hatte! Das Haus, das er so lange gesucht hatte – es lag direkt vor seiner Nase. Es war sozusagen sein persönlicher Glücksfall, das erste Gebäude, das er nach seinem unrühmlichen persönlichen Schiffbruch wieder renoviert hatte. Paulettes Vater hatte es vor gut siebzig Jahren von einem Monsieur Bernard gekauft, der es zuvor von Jerôme Bellard erstanden hatte. Damals wurde das ehemalige Fischerhaus zu einer kleinen Bar umgebaut. Paulette selbst hatte es mit ihrem Mann Anfang der Neunziger übernommen und nach dem Tod ihrer Eltern geerbt. Als Paulettes Mann starb, hatte sie es ihrer Tochter Marie-Claude übertragen, die es zur Crêperie umbauen ließ. Von Simon.

So kamen alle Fäden zusammen.

Kein Wunder, dass sie lebhaft von Simon geträumt hatte.

Kelda warf energisch die Bettdecke zur Seite, stand auf

und suchte ihr kleines Badezimmer auf. Mit feuchten Haaren kehrte sie zurück, und in diesem Augenblick kam Soquette in das Zimmer gestiefelt, maunzte vielsilbig, sprang auf das Kopfkissen und starrte Kelda herausfordernd an.

»Guten Morgen, Süße«, grüßte sie die Katze freundlich und streichelte ihr den Kopf.

Soquette schnurrte, fing aber an, an dem Kissenbezug zu kratzen.

»Na, was soll das denn?«

»Mirrips Mau!«

»Gefällt dir das Muster nicht, oder was ist los?«

»Maumaumau!«

Kopfschüttelnd betrachtete Kelda die aufsässig tatzende Katze.

»Du machst das kaputt, Soquette!«

»Mau!«

»Runter da!«

»Mirr!«

Als Kelda sie anfassen wollte, um sie hochzuheben, krallte Soquette nach ihr. hob dann demonstrativ den Schwanz und pinkelte auf das Kopfkissen.

»Soquette, du Ferkel!«, schrie Kelda sie an, und die Katze machte einen Satz auf den Boden und sauste aus der Tür.

Kelda sah ihr empört nach und riss den Bezug von dem Kissen. Dabei fielen die beiden Haarringe auf das Laken. Angewidert knüllte sie den Stoff zusammen und hob mit spitzen Fingern das Knüpfwerk auf.

»Komisch«, murmelte sie. Ein Haarknäuel fand man schon mal im Bett, aber dies hier war kunstvoll geflochten. Das konnte kein Zufall sein. Nachdem sie sich angezogen hatte, klemmte sich Kelda Kissen und Bezug unter den Arm und nahm das Fundstück in die Hand. Ihr Weg führte als Erstes zur Waschmaschine und dann zu Marie-Claude in die Küche.

»Deine Katze hat auf mein Kopfkissen gepinkelt«, grollte sie.

Ihre Freundin verdrehte die Augen. »Sie wird immer schlimmer. Ich versteh das nicht. Ich bin bald so weit, sie nicht mehr ins Haus zu lassen.«

»Ich weiß nicht. Ich habe mal gehört, dass das so eine Art Protestverhalten ist. Vielleicht mag sie mich nicht in ihrem Revier oder so. Wahrscheinlich wird es besser, wenn ich weg bin.«

»Du wirst dich nicht von einer verrückten Katze vertreiben lassen.«

»Nein, aber ich würde gerne herausfinden, was sie so an mir stört. Und was das hier ist.«

Kelda wies die Haarringe vor und erzählte, wie sie sie gefunden hatte.

Marie-Claude biss sich auf die Lippen. »Verdammter Aberglaube!«

»Was ist das?«

»Haarnesteln. Himmel, wer steckt denn so was in meine Betten?«

»Was sollen sie bewirken?«

»Bestimmt nichts Gutes. Wirf sie weg.«

Marie-Claude streckte die Hand aus, aber Kelda umschloss die Nesteln mit ihrer Faust. »Ich werde sie Xavier zeigen. Der kennt sich doch mit der hiesigen Magie aus.«

»Jetzt mache ich dir erst einmal ein Frühstück.«

Wohl gesättigt und mit dem Auftrag, weitere hübsche Teller vom *Truc et Puces* mitzubringen, machte Kelda sich anschließend auf den Weg zu dem großen Flohmarkt. Er war bereits gut besucht, es schien, dass er sich zu einem Anziehungspunkt für Urlauber entwickelte. Yves winkte ihr kurz zu, während sie nach Porzellan stöberte. Einen Satz Teller mit einem zarten Fliedermuster stellte sie zusammen, brachte ihn zu Yves an die Kasse und fragte ihn nach Xavier.

»Der ist angeln. Den findest du an Keremma, in der Nähe des Bunkers.«

»Ah, ich erinnere mich. Die hier nehme ich für die Crêperie mit. Machen Sie mir einen Sonderpreis, Yves?«

»Ahh, Sie plündern mich aus«, stöhnte er, und Kelda ging auf das Spiel ein und handelte vergnügt mit ihm. Als sie sich einig geworden waren, half er ihr, die Kiste ins Auto zu tragen, und sie fuhr zum Parkplatz hinter der Düne, um Xavier am Strand zu suchen.

Sie sah ihn schon gleich, als sie die Schuhe auszog, um über den feuchten Meeresboden zu gehen. Die Flut hatte eingesetzt, und der alte Gnom stand, trotz des heißen Tages in hohen Stiefeln, Weste und seiner abgewetzten Kappe, zwischen zwei Angelruten, deren beinahe unsichtbare Schnüre weit in das steigende Wasser reichten. Ein Eimer und allerlei andere Utensilien, deren Nutzen Kelda fremd war, standen hinter ihm, er selbst schaute versonnen zum Horizont hinaus.

»Xavier?«, sagte Kelda leise, um ihn nicht aus seiner offensichtlichen Kontemplation zu schrecken. Doch er drehte sich gelassen zu ihr um und grinste sie erfreut an.

»Hat der Stein auf dem Men Marz gewirkt, und Sie kommen, um mich zu heiraten?«

»Ich habe schon den vier Veteranen im *Marée bleue* die Ehe versprochen.«

»Wie schade. Dann erzählen Sie mir wenigstens, was es Neues gibt. Hat der junge Mann inzwischen eingesehen, dass er Sie verloren hat?«

»Matt? Nein, noch immer nicht.«

»Er ist besessen von Ihnen. Geben Sie acht.«

Besessen, ja, so konnte man es wohl nennen. Liebe war das nicht mehr.

»Ich habe gestern noch meinen Vater angerufen, er wird seine Sachen aus meiner Wohnung räumen und das Schloss auswechseln.«

»Dinge gehen zu Ende, man muss es ertragen.«

»Ja, muss man wohl.« Kelda zog die beiden Nesteln aus der Tasche. »Xavier, können Sie mir sagen, was das ist? Ich habe sie heute Morgen in meinem Kopfkissen gefunden.«

Der alte Gnom legte sich die Haarringe auf seine schwielige Hand und kniff die Augen zusammen.

»Mhm«, grummelte er. »Mhm.«

»Was ist?«

»Mhm. Da zaubert wer.«

Kelda unterdrückte ein Kichern. »Wer?«

»Jemand, der weiß, wie es geht.«

»Aha. Und was zaubert der?«

»Die dunklen sind Ihre Haare, ja?«

»Vermutlich.«

»Und die hellen?«

Kelda schwante Böses. Irgendein Verrückter hatte offensichtlich einen Liebeszauber gewoben und ihr ins Bett gesteckt. Helle Haare – sollte Matt zu solchen Idiotismen greifen?

»Ist es das, was ich vermute, Xavier?«

»Ist ein Liebeszauber, klappt fast immer.«

»O Sch…«

Sie ergriff die Haarnesteln, warf sie auf den feuchten Boden und schob mit dem Fuß Sand darüber. Der Alte lachte keckernd.

»Zu spät, hat schon gewirkt.«

»Wenn ich den erwische, der das gemacht hat …«,

fauchte Kelda. Und dann lachte sie plötzlich. »Verdammt, jetzt hätte ich fast selbst dran geglaubt.«

»Sollten Sie, sollten Sie!«

Ewas ruckte an der Angel, und Xavier wendete seine Aufmerksamkeit von Kelda ab. Eine Weile beobachtete sie, wie er vorsichtig die Angelleine einholte, dann stapfte sie zur Düne zurück.

Jemand verriet Matt ständig, wo sie zu finden war, und jemand bastelte blödsinnige Zauberringe. Das musste ein Ende haben.

Auf dem Rückweg überlegte sie, wer das wohl war. Es musste jemand sein, der wusste, wohin sie ging, und der Zutritt zu ihrem Zimmer hatte. Marie-Claude und Paulette waren es sicher nicht. Blieben die Putzfrau, die morgens vorbeikam, und die beiden Serviererinnen. Matt sprach so gut wie kein Französisch, die Putzfrau keine Silbe Deutsch. Aber Nati, die oft mittags bediente, verstand es recht gut.

Am *Marée bleue* angekommen, brachte Kelda die neuen Teller in die Küche und berichtete Marie-Claude von ihren Überlegungen. Die rief Nati zu sich und unterzog sie einer ziemlich barschen Befragung, bei der herauskam, dass Matt tatsächlich ein paar Mal nach Kelda gefragt hatte.

»Er hat mir so leidgetan«, schnupfte die pummelige Servierkraft. »Er ist so ein charmanter Mann. Und Sie sind so kalt zu ihm, Madame!«

Marie-Claude knurrte. »Du hast dir darüber kein Urteil anzumaßen, Nati. Und schon gar nicht hast du Haarringe in Madames Bett zu stecken.«

Auf diese Anschuldigung aber reagierte Nati mit so viel Empörung, dass Kelda Zweifel hegte, ob sie diesen Unfug wirklich zu verantworten hatte.

»Ist gut. Es hat ja keinen Schaden angerichtet«, murmelte sie schließlich und band sich die Schürze um, um die ersten Bestellungen aufzunehmen.

Die Betriebsamkeit lenkte sie vom Grübeln ab. Dann flaute der mittägliche Gästestrom ab, und nur die vier Veteranen saßen noch wie üblich bei ihrem Cidre und flirteten mit ihr und Paulette.

Geständnis

Simon war gegen Mittag bei Yves vorbeigefahren und hatte ihm zwei Kisten Bücher mitgebracht, die noch in der Remise der Villa gestanden hatten. Xavier war dabei, seinen Fang auf einem Grill zu rösten, und lud ihn ein, von dem gebratenen Fisch zu essen. Sie setzten sich mit ihrem Mahl auf die Campingstühle hinter dem roten Doppeldeckerbus. Simon erzählte dabei den beiden Männern davon, dass er das Haus seines Großvaters gefunden hatte. Xavier betrachtete ihn mit stummem Nicken.

»Hab das Haus ein paar Mal besucht. Als es noch der Witwe gehörte. War noch klein, vielleicht vier oder fünf Jahre.« Er schob die Kappe nach hinten und kratzte sich den Kopf. »Fand es damals unangenehm.«

»Wieso?«

»Es hatte einen Bewohner. War das erste Mal, dass ich einen gesehen habe. Hat mich erschreckt.«

»Was für einen Bewohner? Einen Geist?«

»Nein, nein. Einer der Alten. Ich bin später nie wieder da hingegangen. Blöd eigentlich. Die Bar war ziemlich beliebt.«

»Deswegen bist du also nicht mitgekommen, als wir es entrümpelt haben«, sagte Yves. »Hab mich damals gewundert.«

Behäbig nickte Xavier. »Ja, blöd.« Er sah wieder sinnend in die Ferne. Dann raffte er sich auf. »Fahren wir mal rüber. Ich muss was prüfen.«

»Was?«

Xavier grinste plötzlich. »Ich hab da so eine Idee. Aber ich brauch noch was.«

Er stand auf und strebte zu dem Stand mit den Glaswaren.

»Ist schon ein Ding, dass ausgerechnet das *Marée bleue* mal deinem Grandpère gehört hat«, meinte Yves und erhob sich, um die Teller zusammenzustellen. »Egal, was Xavier sagt, ich fand es immer ein gutes Haus.«

Simon lächelte. »Es hat seine Geschichte. Manchmal dachte ich, dass hier und da etwas Bosheit darin lauerte. Aber im Großen und Ganzen ist es okay. Gastfreundlich.«

Yves nickte.

»Mein Großvater, Luc, hatte auch immer gerne Gäste um sich. Es hätte ihm gefallen, was aus dem Haus geworden ist.«

»Paulette und Marie-Claude führen es gut. Und du hast es in Ordnung gebracht.«

Diesmal nickte Simon. Manches, so ging ihm eben auf, sollte wohl so sein. Er war an diesen Ort gekommen, nach langer, geradezu zwanghafter Suche, und als er sie schließlich aufgegeben hatte, war ihm die Lösung fast in den Schoß gefallen.

Kelda – wäre sie nicht in Yves' Haus in den Keller gestürzt und hätte Jerôme entdeckt, wüsste er noch immer nicht, dass Luc le Gamache Lukaz Trobiant war. Er stand auf und reckte sich. Es kam eine unerwartete Zufriedenheit über ihn. Eine Entscheidung würde fallen, und er würde das Richtige tun. Etwas, das er lange aufgeschoben hatte. Es war wie ein noch ferner Wetterumschwung, eine gefühlte Veränderung, noch im Nebel der Zukunft verborgen.

Xavier kam mit einem Kristallschälchen, vielleicht einst für Desserts gedacht, geschliffen und wenn es einmal gründlich abgewaschen würde – wohl auch glitzernd.

»*Allons!*«

Sie nahmen Simons Offroader und kamen am *Marée*

bleue eben an, als die letzten Mittagsgäste sich vom Tisch erhoben.

»Wir wollten gerade …«, sagte Kelda, aber Simon winkte ab.

»Wir haben gegessen, ihr braucht unseretwegen nicht in die Küche. Xavier wollte herkommen.«

Paulette kam auf die Terrasse und sah den alten Mann an. »Ungewöhnlicher Besuch, Xavier.«

»Ja, Madame.«

Simon merkte, dass der Alte sich unwohl fühlte, und fragte sich, ob er tatsächlich noch immer eine unangenehme Wahrnehmung hatte. Und seltsamerweise fühlte sich auch Paulette nicht gerade wohl.

»Was willst du hier?«

»Ich muss wohl was gutmachen.«

»Dafür hast du lange gebraucht.«

»Ja, blöd, nicht.«

Ein Lächeln huschte über Paulettes Gesicht. »Es ist lange her, Xavier.«

Yves flüsterte: »Da tun sich ja Abgründe auf!«

»Ja, sieht aus, als ob dein Freund auch noch andere Gründe hatte, Paulettes Haus zu meiden.«

»Maman?«

Auch Marie-Claude hatte die Spannung zwischen den beiden bemerkt.

»Er hatte einmal gute Chancen, dein Vater zu werden. Aber dann kam ihm etwas dazwischen, und ich ging nach Brest«, murmelte Paulette.

Kelda kam mit einem Krug Cidre und Gläsern. »Setzt euch. Ich habe das Gefühl, hier soll etwas geklärt werden«, sagte sie.

»Ja, sollte. Da, Madame Kelda. Waschen Sie das bitte gut ab.«

Kelda nahm das Kristallschälchen an sich und ging damit ins Haus. Dafür kam Soquette jetzt angeschlichen und wickelte sich um Simons Beine.

»Mach es nicht so spannend, Xavier.« Simon setzte sich und streichelte die Katze.

»Gleich. Darf ich das Haus betreten, Paulette?«

»Es ist Marie-Claudes Haus.«

»Kommen Sie«, sagte diese und machte eine einladende Handbewegung.

Paulette aber setzte sich zu Simon und Yves.

»Er war einmal ein ansehnlicher Mann und ich wahrscheinlich ein dummes Ding. Damals, als ich die alte Witwe Bellard gepflegt hatte, sind wir – na ja, ich hatte was mit ihm. Aber er war nicht einfach, der Xavier. Heute denke ich, das, was seiner Schwester und seinem Vater widerfahren ist, hat ihn verbittert gemacht. Er war ein Rebell, er geriet auf die schiefe Bahn.«

»Das kann einem schon mal passieren. Was geschah mit seiner Familie?«

»Sie gehörten zur Résistance und wurden zweiundvierzig an die Deutschen verraten. Man hat sie zwei Tage lang gefoltert und dann umgebracht. Er hat es miterlebt, konnte aber entkommen.«

»Großer Gott.«

Kelda kehrte mit dem nun schimmernden Kristallschälchen zurück, und Soquette sprang wie von der Tarantel gestochen auf. Mit beiden Pfoten schlug sie in die Luft, tanzte auf den Hinterbeinen, knurrte und fauchte.

»Soquette, was soll das?« Kelda sprang zur Seite, als die Katze versuchte, an ihren Beinen hochzuklettern. »Dieses Tier ist völlig durchgeknallt.«

»Stellen Sie das Schälchen auf den Boden, Madame Kelda«, sagte Xavier.

Sie tat es, und Soquette umschlich es mit gesträubtem Schwanz.

»Was ist denn da nun schon wieder für eine Magie enthalten?«

»Keine Magie, Madame Kelda, sondern eine Korrigane.«

Xavier setzte sich zu den anderen unter den Sonnenschirm.

Simon verkniff sich ein Lächeln. Der Alte lebte wirklich in der Welt der Fantasie. Aber, wie auch immer, er war in einem Land aufgewachsen, wo sich einst der Glaube an die Wesen der Anderwelt sehr lange gehalten hatte.

»Eine Korrigane?«

»Eine Art Fee, ein Wesen aus dem Alten Volk, Madame Kelda. Sie ist etwa so groß wie diese Katze, sieht wie ein schlankes Mädchen aus, hat lange braune Haare und Flügel wie eine Libelle.«

»Sie können sie sehen?«

»Sicher.«

Kelda warf Simon einen augenverdrehten Blick zu, aber er schüttelte den Kopf.

»Glaub es einfach«, murmelte er.

Soquette hatte sich neben dem Schälchen niedergelassen und den Schwanz darum gekringelt. Sie sah aus, als ob sie grinsen würde.

»Das Kätzchen sieht sie auch«, sagte Xavier ungerührt. »Tiere können das.«

»Dann scheint die Korrigane sie wohl häufig zu ärgern.«

»Könnte sein. Die sind bekannt dafür, dass sie mit anderen Lebewesen Schabernack treiben.« Und dann grinste Xavier Kelda breit an. »Sie können auch flechten und knoten.«

»Oh«, sagte Kelda.

»Was heißt das?«, fragte Simon.

»Ach nichts ...«

Etwas ziepte an seinem Kopf, und er fuhr sich mit der

Hand durch die Haare. Xavier sah zwischen ihm und Kelda hin und her.

»Aha«, sagte er.

Kelda wurde rot.

Und Simons Herz machte einen Schlag mehr.

Kelda räusperte sich.

»Wir haben ja nun herausgefunden, dass dieses hier Herri Trobiants Haus war. Und Simons Fragen sind damit wohl beantwortet«, sagte sie. »Aber mich würde immer noch interessieren, was mit dem Filou Jerôme geschehen ist. Dass er Herris Witwe in unziemlicher Geschwindigkeit geheiratet hat, ist das eine, dass er dabei das nicht unbeträchtliche Vermögen in die Hand bekommen hat, das Herri zu Lebzeiten angesammelt hat, dürfte ein Grund dafür sein.«

»Und dass Herri samt Sohn an jenem zwölften September in einem Logger ausgelaufen, der leckgeschlagen war, war sicher mehr als ein Zufall«, meinte Marie-Claude. »Wenn das kein Zufall war, dann war er nicht nur ein Filou, sondern ein Mörder.«

»So vermutete mein Großvater wohl«, sagte Simon. »Er war damals vierzehn und ein cleveres Kerlchen. Er wollte nicht zurück, weil er Angst vor seiner Mutter hatte. Ich habe den schrecklichen Verdacht, dass nicht nur Jerôme für diesen Schiffbruch zuständig war.«

»Jeanne war immer eine unzufriedene Frau«, sagte Paulette. »Sie hat Herri vermutlich nur ungern geheiratet, denn Lukaz war ein Malheur. Ja, es ist nicht auszuschließen, dass sie den jungen, erfolgreichen Pariser vorgezogen hat. Was für eine grässliche Geschichte!«

»Jerôme war ein Mörder«, murmelte Xavier.

Simon drehte sich zu ihm um. »Hast du Beweise?«

»Nicht für diese Tat. Jerôme war es, der meine Familie verraten hat.«

»Ein Kollaborateur?«

Xavier nickte. Dann trank er einen großen Schluck Cidre, als ob er einen schlechten Geschmack herunterspülen musste.

»Ich habe damals geschworen zu schweigen. Ich hätte es auch getan, bis ins Grab. Aber dann, Madame Kelda, erschienen Sie. Und Yves hat Ihnen sein morsches Häuschen vermietet. Und so kam es ans Licht.«

»Er wurde von der Résistance erschossen?«

»Ja. Wir nutzten das alte Fischerhaus damals als Treffpunkt und Waffenlager. Und als wir seiner habhaft wurden, brachten wir ihn dahin. Ich selbst habe ihm die Pistole an den Kopf gehalten und abgedrückt.« Xavier senkte seinen Blick. »Und ausgerechnet eine Deutsche bringt es ans Licht. Komisches Schicksal.«

Sie schwiegen.

A kind of Magic

Am späten Nachmittag wanderte Kelda wieder über den Zöllnerpfad entlang der Côte des Naufrages. Die kurze Dünung glitzerte zwischen den Felsen, Kinder spielten am Strand. Möwen schaukelten auf dem Wasser. Trügerisch ungefährlich lag das blaue Meer unter dem blauen Himmel. Der Leuchtturm von Pontusval ragte weiß schimmernd über dem grauen Granit, eine leichte Brise wogte durch das graugrüne Gras.

Ihr Urlaub ging zu Ende. Nächste Woche musste sie wieder zurückfahren. Ohne Matt.

Ein neuer Lebensabschnitt erwartete sie.

An einem verwitterten hölzernen Steg setzte sie sich nieder und sah zu den Wölkchen auf, die der Wind vor sich hertrieb.

Von irgendwo her erklang wieder die leise Flötenmusik und mischte sich in das Rauschen der Wellen und die Schreie der Möwen.

Oder bildete sie sich das nur ein?

Das Land war wie gemacht dafür, an Magie zu glauben.

Und seltsame Zufälle.

Ein Arm legte sich um ihre Schultern.

Sie zuckte zusammen.

Aber es war nicht Matt.

»Simon?«

»Woran denkst du, Kelda?«

»Dass ich heimkehren werde.«

»Ja, ich auch.«

Überrascht drehte sie sich zu ihm hin. »Tatsächlich?«

»Ja, im Herbst. Ich habe heute ein Angebot angenommen, das schon seit drei Wochen auf meinem Schreibtisch liegt. Ich konnte mich nicht entscheiden, aber …«

»Aber jetzt hast du gefunden, was du gesucht hast.«

»Sieht so aus.«

Sie lehnte sich an ihn und schloss die Augen. »Ich habe von dir und Luc geträumt.«

»War es arg grässlich?«

Sie seufzte.

Er küsste sie auf die lächelnden Lippen.

»Ja, so ungefähr war es.«

»Luc le Gamache oder ich?«

»Tja, wenn ich das so genau wüsste.«

Sie gingen Hand in Hand zurück zum *Marée bleue.*

Soquette saß unter ihrem Hortensienbusch und wartete, dass die Sonne unter- und der letzte Gast wegging. Der ging aber nicht – Simon blieb einfach sitzen und schmuste mit Kelda herum. Dabei hatte sie Pflichten übernommen. Außerdem lauerte das spitzohrige Miststück schon wieder oben auf einem der blauen Blütenballen, um ihr die Sahne streitig zu machen.

»Siehst du, das hat gewirkt, obwohl du ihr aufs Kissen gepinkelt hast«, zischelte Gwenaëlle zu Soquettes Pelzöhrchen hinunter.

»Ach, das hast du mit der Knüpferei bewirkt?«

»Tjaaaa.«

»Und darüber vergisst sie jetzt meine Sahne.«

»Meine Sahne.«

»Pff.«

Soquette erhob sich und stiefelte zu Kelda. Höchst majestätisch baute sie sich vor ihr auf und forderte ihren Tribut.

»Oh, Simon, die Süße habe ich beinahe vergessen. Ich muss mich um ihren Schlummertrunk kümmern.«

»Das musst du auf jeden Fall. Nimm das Schälchen, das Xavier heute mitgebracht hat.«

»Na gut. Wenn man Crêpes von Sèvres speisen kann, dann kann die Katze auch Sahne im Waterford serviert bekommen.«

Das allerdings war Soquette Schwanzspitze wie Schnurrhaar. Viel aufmerksamer fand sie es, dass Kelda nicht nur das Kristallschälchen, sondern auch ein hübsches, mit Blumen verziertes Schüsselchen danebenstellte. In beiden ausreichend Weißheit für sie und Gwenaëlle.

Das erste Mal, seit sie in das Haus eingezogen war, konnte sie in Frieden ihre Sahne ausschlappen.

Gwenaëlle schaukelte in den Blüten und summte eine kleine, glückliche Melodie.

Nachwort

Man muss sie mögen, die Bretagne. Wer Hotels und Pools und Strandbespaßung sucht, findet sie selten.

Wer Einsamkeit, endlos lange Dünen, Stille und eine heimliche Magie sucht, findet sie.

Die Mischung aus steinzeitlichen Monumenten, keltischer Lebensfreude, heidnischem Christentum und einer guten Portion Rebellentum macht den Zauber des Landes aus und ist die Quelle der zahlreichen Legenden, die dort erzählt werden.

Natürlich gibt es den Leuchtturm von Pontusval, der seit gut hundertfünfzig Jahren den Fischern und Seeleuten der *Côte des Naufrages* den Weg in den sicheren Hafen weist. Und selbstverständlich steht die malerische Chapelle Pol zwischen den großen Granitblöcken. Der Men Marz ragt wenige Meter weiter auf, und Dutzende von runden Kieseln liegen in der Mulde knapp über Kopfhöhe.

Es ist eine reizvolle, wilde Küste mit einer langen, aufregenden Geschichte, die man zu Fuß erkunden sollte. Dann entdeckt man an jeder Stelle neue kleine Wunder.

Katzen und Korriganen gibt es auch.

Ehrlich.

Tipps und Empfehlungen:

Obwohl nicht besonders groß bietet die Bretagne doch eine erstaunliche Vielfalt unterschiedlicher Landschaften. Ich habe sie in den vergangenen zwanzig Jahren urlaubsmäßig einmal umrundet und immer wieder neue und aufregende Gebiete entdeckt.

Beginnen wir im Süden, in der Gegend um Carnac. Sie beeindruckte mich nicht nur wegen der weltberühmten Steinreihen, den Alignements, sondern vor allem wegen der Halbinsel Quiberon. Ein schmales Stückchen Land ragt hier in den Atlantik hinein – auf seiner westlichen Seite eine raue, brandungsumtoste Felsküste, gegenüber, kaum einige Kilometer entfernt, eine blaue Lagune mit beinahe mediterranem Flair. In den Yachthäfen liegen die ausgefallensten Schiffe, man kann eine Überfahrt zu der Belle Île buchen, die ihren Namen »Schöne Insel« zu Recht trägt. An der engsten Verbindungsstelle zwischen Festland und Halbinsel thront das Fort de Penthièvre, das man eingehend betrachten kann, wenn man im Stau auf dem Isthmus feststeckt.

Begibt man sich von der Quiberon weiter Richtung Westen, findet man das entzückende Künstlerstädtchen Pont Aven, durch das zu bummeln ein kulturelles Vergnügen ist. Besonders zu empfehlen ist hier natürlich das Musée des Beaux Arts.

Noch einige Kilometer weiter westlich trifft man auf das mittelalterlich anmutende Concarneau, eine »Ville close«, eine befestigte Stadt. Hier hat mich ganz besonders das äußerst liebevoll gestaltete Fischereimuseum beeindruckt.

Fährt man noch weiter nach Westen, ist das Ende der Welt erreicht. Die Halbinsel Crozon besticht durch eine pittoreske Landschaft, windumtoste Steilküsten, tief eingeschnittene Fjorde, kleine Sandbuchten, verschwiegene Kapellen in einem Meer von Hortensien, Felsgrotten und beeindruckende Leuchttürme. Hier ist der kleine, geschichtsschwangere Ort Locronan und die sagenumwobene Abtei von Landévennec unbedingt einen Besuch wert.

Meine liebste Gegend aber ist jene, in denen diese Geschichte spielt – das nördliche Finistère.

Die Landschaft ist rau, das Meer und das Klima sind es auch, aber die Strände ziehen sich über Kilometer weißsandig an der Küste entlang. Die Gegend bietet zu jeder Jahreszeit, ja zu jeder Tageszeit, immer wieder neue Überraschungen. Dünenlandschaften, bewaldete Flussmündungen, bizarre Felsformationen, verborgene Quellhäuschen, Menhire und Dolmen, kleine Häfen – auf dem schier endlosen Küstenwanderweg tun sich immer wieder neue Wunder auf.

Noch weiter ostwärts lädt eine nächste Halbinsel zum Besuch ein: Cap Fréhel ist bedeckt von einer Heidelandschaft, und in den verstreut liegenden kleinen Örtchen wetteifern die Bewohner mit der Gestaltung ihrer Gärten. Nie habe ich eine solche Blütenpracht gesehen wie dort auf dem Weg zu dem Fort de la Latte, der alten Trutzburg an der äußersten Spitze des Caps.

Und selten habe ich die Sonne derart pompös untergehen sehen wie an dem Leuchtturm dort.

Leseprobe aus

Andrea Schacht

Die keltische Schwester

Roman

ISBN 978-352-00806-1
475 Seiten, Flexocover

2. Faden, 1. Knoten

Auf der glutflüssigen Lava bildete sich eine dünne Hülle aus krustigen, erstarrten Steinmassen, als der unablässig kreisende Erdball allmählich abkühlte. Wie Schollen schwammen sie auf dem glühenden Meer, stießen aneinander, schoben sich übereinander, türmten sich hier zu Gebirgen auf, brachen dort zu tiefen Schluchten auseinander.

Aus den jungen Bergen quoll wie Blut aus frischen Wunden flüssiges Gestein, wirbelten Wolken aus Asche empor, Gase und Staub. Die Urkontinente, noch bloß und karg, ohne Leben, bewegten sich unendlich langsam gegeneinander, und an den Kanten, da, wo sie aneinanderrieben, bauten sich an den Bruch- und Verwerfungsstellen ungeheure Spannungen auf. Manchmal wurde die Spannung zu hoch, und unter mächtigem Beben rissen sie sich voneinander los, brach hartes Gestein auf, falteten sich Gebirge zu himmelhohen Klippen.

Später bildete sich aus den Gasen Wasser, es regnete. Meere und Ströme entstanden, ihre Wasser überfluteten das Land, spülten Gräben und Höhlen aus und sammelten sich in tiefen Gesteinsschichten. Die rauen Konturen wurden glattgeschliffen, Staub rieb im Wind an dem harten Fels, lagerte sich ab, verdichtete sich und wurde später zu fruchtbarem Boden.

Die Erde wurde älter, und ihre dünne Haut wurde durchzogen von einem Flechtwerk aus über- und unterirdischen Wasserläufen, sie bekam alte Narben von Rissen und Brüchen, sie war durchwachsen von Adern aus metallhaltigem Erz und von kristallisierten Mineralien. Manches Gestein enthielt strahlende Elemente, manches magnetische Kräfte. Manches auch solche Kräfte, die der Mensch noch nicht entdeckt hat, noch nicht mit seinen Erkenntnissen erklären kann.

Trotzdem sind sie da, diese Kräfte, wenn auch nicht alle sichtbar, nicht messbar, aber doch spürbar für die, die Sinne haben, sie zu fühlen. Sie ziehen sich durch Täler und Berge, durch glühende Geröllwüsten, durch eisige Tundren, durch düstere Wälder, goldene Steppen, entlang der schroffen Küsten und durch liebliche Auen. Und dort, wo sich diese Ströme, die Pfade der Kraft, in der Erde kreuzen, gab es schon immer auffällige Phänomene.

Es wachsen dort vielleicht seltsam geformte Pflanzen, oder es bleiben Stellen unerwartet kahl. Manche dieser Plätze werden auch von den Lebewesen gemieden, doch an vielen treffen sich dort Jahr ein, Jahr aus Scharen von Vögeln, dorthin ziehen sich die Tiere zurück, um ihren Nachwuchs zu gebären oder um den Tod zu erwarten.

An den Knotenpunkten der Kraftlinien geschahen schon immer sonderbare Dinge.

Menschen, die fühlen können, finden dort die Tore zur *Autre Monde*. Wenn sie es wagen, die Brücke zu überschreiten, kommen sie immer verändert zurück.

Sie wurden als Weise geachtet, als Wissende und Führer, als Hexen verbrannt und als Wahnsinnige eingesperrt.

1. Faden, 2. Knoten

Die nächste Stunde war von so entsetzlicher Langeweile, dass ich meine Gedanken einfach wandern ließ.

Es war vor etwa einem halben Jahr gewesen, wenn ich so zurückdachte. Ja, vor einem halben Jahr, genau nach diesem katastrophalen Urlaub in Kenia. Die Gruppe von Freunden und Bekannten, der ich mich angeschlossen hatte, entpuppte sich als schlichtes Chaos-Team. Ein Pärchen lag sich ständig in den Haaren, zwei weitere versanken in namenloser Leidenschaft, jedoch nicht zu den eigenen Partnern, eine der Frauen rang mit Scheidungsgedanken und einem erhöhten Tablettenkonsum und ich mit einer Virusinfektion.

Als ich nach Hause zurückkam, war ich fertig mit den Nerven und eigentlich urlaubsreif. Wahrscheinlich war das der Grund, dass ich eines Morgens in den Spiegel sah und darin das eigenartige Bild erblickte, wie ich leicht verschoben neben mir stand. Es war nicht etwa eine optische Täuschung oder gar irgendwelche Sehstörungen, es war eher der Eindruck dessen, was ich fühlte.

Es war sehr unangenehm, und ich versuchte, der Sache nachzugehen. Rein vom Verstand her betrachtet fand ich aber nichts, womit ich mir dieses seltsame Gefühl der Entfremdung erklären konnte. Ich hatte seit sechs Jahren einen guten Job in einem renommierten Unternehmen, man kümmerte sich um mein berufliches Fortkommen mit einem Förderprogramm, meine Wohnung lag in einer günstigen Innenstadtlage, wenngleich sie ein Vermögen kostete, meine Beziehungen zu Männern gestaltete ich ohne große Gefühlsverwicklungen.

Und dennoch, irgendetwas, das ich nicht benennen konnte, hatte angefangen, mich unruhig zu machen. Es war eine gewisse Eintönigkeit, beinahe so, als ob mein Leben nur noch in Grautönen ablief, die Farben wollten nicht so recht leuchten, über allem lag ein trüber Schleier. So war es vermutlich nicht nur dem reinen Zufall zu verdanken, dass ich eines Samstags die Stellenangebote durchblätterte und auf die Anzeige der KoenigConsult stieß. Ich handelte vielleicht etwas überstürzt mit meiner Bewerbung– ich hatte noch nicht einmal alle Papiere zusammen. Trotzdem erhielt ich schon nach zwei Wochen die Einladung zu einem Vorstellungsgespräch.

»Frau Farmunt, meine Herren…«

Ich zuckte zusammen. Es ist lästig, ständig mit dem eigenen Namen angesprochen zu werden. Aber es war korrekt so, und ich konnte mich dagegen jetzt nicht mehr wehren. Zumindest hatte der Seminarleiter seinen Teil endlich beendet, und wir durften in Gruppen an die Terminals im Nebenraum.

»Ich denke, wir drei Koenige bleiben zusammen«, schlug mein Nachbar vor. Ich nickte, und auch Schweitzer stand auf, um gemeinsam mit uns zu einem Tisch am Fenster zu gehen.

Da ich in der Mitte saß, lag die Tastatur einladend vor mir. Ich schaltete das Gerät ein und hatte kurz darauf das Eingangsbild des Programms auf dem Schirm.

Ich merkte sofort, dass Daniels keine Probleme mit dem Programm hatte, Schweitzer jedoch die Computerarbeit völlig fremd war. Aus Übungszwecken überließ ich ihm daher die Eingaben, aber er stellte sich so schwerfällig an, dass ich bald wieder in die jüngere Vergangenheit versank.

Das Vorstellungsgespräch fand an einem Freitagnachmittag im Spätsommer statt. Ich war erstaunt, dass der Inhaber der Firma es höchstpersönlich führte. Aber dann sagte ich mir, dass bei einem kleineren Unternehmen so etwas durchaus noch üblich war. Ich war jedenfalls angenehm überrascht von Dr. Koenig. Er mochte an die sechzig sein, wirkte aber energisch und sehr gradlinig. Vielleicht ein wenig kurz angebunden.

»Ich möchte Ihnen zunächst einmal die Ausgangssituation schildern, Frau Farmunt. Dann werden Sie mir sagen, wie weit Sie sich einer solchen Aufgabe gewachsen fühlen, und ich werde mir anschließend ein Bild von Ihren Fähigkeiten machen.«

Ich nickte. Es hatte etwas von Prüfungsatmosphäre, dieses Gespräch, aber ich bin ziemlich stressbelastbar.

»Es gibt ein von der französischen Regierung unterstütztes Programm, den Fremdenverkehr in der Nord-Bretagne zu fördern. Sie haben ja unserer Firmeninformation entnehmen können, welche Form der Leistung wir anbieten.«

Ich nickte erneut. Natürlich hatte ich mir das Info-Material sorgfältig durchgelesen. KoenigConsult hatte sich einen durchaus beachtlichen Namen gemacht bei der Planung und Abwicklung im Bau von Freizeitanlagen. Von Schwimmbädern angefangen bis hin zu ganzen Hotelkomplexen. Aber auch Randgebiete dazu hatten sie bearbeitet, die Renovierung eines Schlosses aus dem vierzehnten Jahrhundert, Kirchensanierungen, Museen …

»Es gibt für die Bretagne die Vorstellung, dort einen Freizeitpark zu bauen, Sie kennen das vermutlich, die Ocean-Parks gehören dazu.«

Ich nickte abermals, und Koenig fuhr fort: »Auftraggeber ist ein Ihnen nicht unbekannter mediterraner Ferienclub-Betreiber. Ein internationales Konsortium wird die Abwicklung übernehmen. Allerdings existiert noch ein konkurrierendes Projekt, das von einer europäischen Kommission vorangetrieben wird. Es soll ein Freilichtmuseum für Keltische Geschichte entstehen. Sie wissen, die Bretonen legen großen Wert auf ihre kulturellen Wurzeln aus dieser Zeit.«

Wusste ich zwar nicht, aber eine eingehende Kenntnis bretonischer Kulturgeschichte war vermutlich nicht Voraussetzung für die Position.

Jedenfalls war das Vorstellungsgespräch gut gelaufen, offensichtlich hatten meine Qualifikationen und meine vielleicht nicht ganz unintelligenten Fragen Dr. Koenig überzeugt, dass ich der Aufgabe gewachsen sein könnte.

»Zuletzt noch eine mehr persönliche Frage, Frau Farmunt. Das Projekt verlangt, dass ein Teil der Planungsarbeiten auch vor Ort durchgeführt wird. Wir werden ein Baustellenbüro in Frankreich einrichten. Sind Sie bereit, auch mehrwöchige Auslandsaufenthalte in Kauf zu nehmen?«

Flüchtig tauchte vor meinen Augen eine einsame, windumtoste Küstenlandschaft auf, die nur von wenigen altertümlichen Steinhäusern besiedelt war. Mich schauderte. Ich bin keine Naturliebhaberin. Aber dann sagte ich mir, dass Frankreich schließlich zu den zivilisierten Gegenden Europas gehörte, und ich sagte: »Natürlich, Herr Dr. Koenig. Solange die Firma ein Rückflugticket bereitstellt …«

Dr. Koenig lächelte zum ersten Mal in diesem Gespräch.

»Oh, andere Menschen bezahlen beträchtliche Summen, um dort Urlaub zu machen. Es ist wirklich eine reizvolle Gegend, habe ich mir sagen lassen. Aber das ist vermutlich Geschmackssache.«

Wir verabschiedeten uns, und als ich ein paar Tage später den Bescheid bekam, dass der Vertrag auf dem Weg zu mir war, hatte ich das erste Mal wieder das Gefühl, nicht mehr so weit neben mir zu stehen.

Ohne große Schmerzen löste ich mein bestehendes Arbeitsverhältnis auf, verabschiedete mich von Kollegen und Bekannten und machte mich auf die Suche nach einer Unterkunft für die ersten Monate, bis sich herausstellen würde, ob ich die Probezeit überstehen würde.

Endlich durften wir wieder eine Pause machen und den Seminarraum verlassen.

»Im Prinzip finde ich diese Planungstechnik faszinierend. Im Studium mussten wir die Dinger noch ohne Computer berechnen.«

Ich ging wieder neben dem interessanten Kollegen her, der mich zielgerichtet in die Cafeteria lotste.

»Ja, vor allem zwingt es die Beteiligten, gemeinsam das Vorgehen zu durchdenken.«

»In der Tat, sauber durchdacht und methodisch aufbereitet, bietet die Planungstechnik doch eine hervorragende Vorschau auf kommende Ereignisse.«

»Das ist mir für mein Projekt auch lieber so, Frau Farmunt. Ehrlich gesagt, Ihr Vorgänger war manchmal etwas sprunghaft in seinen Aussagen, was Termine anbelangte. Übrigens, geht es Ihnen nicht ein bisschen auf die Nerven, ständig Frau Farmunt genannt zu werden?«

Oha!

»Mein Vorname ist auch nicht das Gelbe vom Ei!«

»Amalindis, nicht wahr?«

»Menschen, die Wert auf mein Wohlwollen legen, nennen mich Lindis.«

»Ich lege Wert darauf. Lindis? Ich bin Wulf, und wer es sich definitiv mit mir verscherzen will, nennt mich Wulfi.«

»Das glaube ich gerne«, sagte ich und musste kichern, denn Wulf war alles andere als der Wulfi-Typ.

2. Faden, 2. Knoten

Die Sonne schien warm vom Blau des Himmels, auf dem weiße Wolken im Wind dahinjagten. Der kleine Junge hatte wie so oft seine Gruppe verlassen und wanderte auf der Suche nach den süßen roten Früchten gedankenverloren auf den ausgetretenen Pfaden, die bis zum Strand führten. Seine Hände und sein bloßer Oberkörper waren von Beerensaft verschmiert, der kurze Lederschurz um seine Hüften starrte vor Staub und lehmiger Erde, aber er war glücklich. Er hörte die Brandung an die felsige Küste schlagen, und das Lachen und Kreischen der weißen Möwen brachten ihn auf die Idee, nach ihren Nestern zu suchen, um die Eier herauszusammeln.

Aber dann ließ er diese Idee fallen und beschloss, eine Weile an seinem Lieblingsplatz zu dösen. Er war nicht hungrig. Er und seine Leute waren überhaupt sehr selten hungrig, seit sie das Ende ihrer Wanderung erreicht hatten. Die Alte hatte sie auf Wegen, die nur ihr bekannt waren, hier an diese Küste geführt. Lange waren sie durch die Wildnis gezogen, und seine Mutter berichtete im Kreis um das Feuer oft darüber, wie sie ihn, ihren jüngsten Sohn, auf dieser Wanderung geboren hatte. Sie pries dann immer wieder die glückliche Lage der neuen Heimstatt. Es gab so viel Nahrung, dass keiner darben musste. Jeden Tag zweimal gab das Meer seine Schätze frei. Es zog sich weit bis zum Horizont zurück, und an den freigelegten Felsen konnte man zum Beispiel köstliche Muscheln sammeln. Es gab die weiße, herzförmige oder lange schwarze und natürlich die bizarren Austern. In den Wasserläufen, die den sandigen Boden durchzogen, wimmelte es von Krebsen und Krabben, Langusten und Hummern. Bei Flut schenkte ihnen das Meer Fische, und am Strand fand man die Eier der Seevögel und sogar essbare Algen. Wenn einem nicht nach den Früchten des Meeres war, dann konnte man die Früchte des Waldes sammeln, der sich weit in das Hinterland erstreckte. Erdbeeren und Wildkirschen, später Brombeeren, kleine Äpfel, Pilze und Eicheln. Manchmal brachten auch die Jäger ein Wildschwein oder eine Hirschkuh mit.

Der Junge lag bäuchlings im kurzen, weichen Gras undlauschte dem Rauschen des Meeres. Im Augenblick war es wieder ganz nahe, und die Felsen draußen, an denen die schwarzen Muscheln wuchsen, waren mit Wasser bedeckt. Er empfand es als ein immer wiederkehrendes Wunder, dieses Kommen und Gehen des großen Wassers.

Und als er so mit geschlossenen Augen döste und lauschte, da schien es ihm plötzlich, als betrete er eine andere Welt. Nein, nicht eigentlich anders, das Gras war da, die Möwen und der Himmel. Aber dennoch, Licht und Dunkelheit wechselten plötzlich in schneller Folge, und statt der Wolken zog der Mond über ihm geschwind dahin. Schmal und dünn, bald halb, bald dicker werdend, dann voll und rund, wieder magerer, ausgehöhlt, eine silberne Schale, schließlich dunkel. Seltsam war es schon, dachte der Junge, als er zum Himmel aufsah. Noch einmal wiederholte sich der Tanz des Mondes, doch diesmal tanzte das Meer mit ihm. Es kam und ging, wie der Mond es ihm befahl. Rauschte heran und küsste die Felsen, zog sich zurück in glitzernden Bändern, es kam zurück und schwand. Hin und her, auf und ab, Flut folgte auf Ebbe, Ebbe auf Flut. Die Gezeiten kamen und gingen unter dem sich wandelnden Mond. Und noch ein drittes Mal beobachtete der kleine Junge, wie das Meer und der Mond sich im gleichen Rhythmus bewegten. Doch diesmal lag eine Drohung darin, denn als der Mond dunkel wurde, erhob sich das Meer zu einer gewaltigen Wasserwand. Tosend und stürmend donnerte sie heran und wollte ihn verschlingen.

»Nein!«, schrie der Junge auf und öffnete die Augen.

Das glitzernde Wasser rollte in kleinen, schaumigen Wellen an den sandigen, sonnenwarmen Strand unterhalb der Felsen. Keine Wasserwand, kein Mond, nur ein paar Wölkchen bauschten sich am Himmel. Aber der Junge hatte noch immer Angst. Er lief so schnell er konnte den schmalen Weg zurück, der ihn zu den Hütten führte. Hier war er sicher vor der großen Welle. Oder?

Er sah zurück. Nein, hier war er nicht sicher.

Er war ein kluger kleiner Junge, der seine Umgebung neugierig wahrnahm. Zu seiner Wahrnehmung gehörte auch das, was er unten am Meer gesehen hatte. Es verwunderte ihn nicht, aber er konnte es sich auch nicht erklären. Er wusste jedoch, dass die Alte diejenige war, die ihm sicher sagen konnte, was der Tanz von Mond und Meer bedeutete.

Die Mutter des Stammes war uralt geworden. Ihr weißes Haar hing in langen Flechten über das dicke Fell, das sie jetzt auch im warmen Sonnenschein trug. Sie hatte nicht mehr viel eigene Wärme übrig. Aber ihre Augen waren wach, und ihr Wissen war ungeheuer. Sie hörte dem kleinen Jungen nachdenklich zu.

»Wasser und Mond gehören zusammen«, murmelte sie schließlich. »Ich werde das bedenken. Wie oft kehrte der schwarze Mond wieder, Junge?«

Er hob Daumen, Zeige– und Mittelfinger. »So viel!«

Ihm war es zu verdanken, dass bei der großen Herbst-Springflut drei Monate später keiner der neu zugewanderten Menschen ertrank. Sie hatten sich weit in das Innere des Landes zurückgezogen. Und anschließend beobachteten sie immer sehr gut den Mond und den Stand der Gezeiten.

Der Junge wuchs zum Mann heran, und als die Uralte starb, hatte er sich viel von ihrem Wissen angeeignet. Oft allerdings saß er an dieser Stelle im Gras, dort, wo das Meer an den Felsen brandete. Dort hatte er einen Zugang zu tiefem Wissen gefunden, dort fühlte er den Rhythmus der Natur und wurde eins mit ihm.

3. Faden, 1. Knoten

Neben dem bemerkenswerten Wulf und dem grauen Schweitzer war Dr. Koenigs Sekretärin diejenige, mit der ich gleich in den ersten Tagen bei KoenigConsult Kontakt hatte. Ich fand Karola Böhmer einerseits nett, andererseits tat sie mir immer ein bisschen leid. Sie war nicht eben das, was man robust nennt. Aber sie war bisher sehr freundlich zu mir gewesen. Doch sie hing wie ein Hungerhaken an ihrem Schreibtisch und hämmerte einen Text in den PC. Mein erster Eindruck war der einer fanatischen Anhängerin naturbelassener Rohkostdiäten, doch zeigte sich später in der Kantine, dass sie auch einer Portion Spaghetti mit Hackfleischsauce gegenüber aufgeschlossen war, was mir mal wieder zeigte, dass ich nicht vorschnell urteilen sollte.

Jedenfalls war sie damals sofort aufgesprungen, als ich ein wenig unsicher in der Tür stand und nach Dr. Koenig fragte.

»Sie müssen Frau Farmunt sein, herzlich willkommen bei uns!« Sie streckte mir beide Hände entgegen und strahlte mich an. »Es ist ja ganz schrecklich, aber Dr. Koenig musste heute Morgen völlig unerwartet verreisen, sonst hätte er Sie bestimmt selbst begrüßt. Kommen Sie, ich zeige Ihnen erst einmal Ihr Zimmer. Gleich hier nebenan. Und, ach ja, ich bin Karola Böhmer. Ich werde auch für Sie zuständig sein. Na, kommen Sie. Hier entlang!«

Mit diesem Begrüßungsschwall wurde ich in einen kleinen, aber erfreulich geschmackvoll möblierten Büroraum geführt. Helles Grau herrschte vor, auf dem Schreibtisch ein PC und eine der neuesten Telefonanlagen, die ich je gesehen hatte. KoenigConsult schien es beruhigend gut zu gehen.

»Ich habe Ihnen hier schon einmal die wesentlichen Unterlagen hingelegt, Angebote, Kopien des wichtigsten Schriftverkehrs und so weiter. Und, na ja, ein Buch habe ich für Sie aus der Bücherei mitgebracht, damit Sie schon mal sehen, wohin Sie Ihre Aufgabe führt.«

Das war nun richtig lieb von ihr, ein dicker Bildband über die Bretagne lag für mich bereit. Ich bedankte mich herzlich und ließ mich in meinem neuen Sessel nieder. Nebenan flötete melodisch das Telefon, und Frau Böhmer huschte mit einem entschuldigenden Lächeln zurück an ihren Platz.

Neugierig blätterte ich also die Unterlagen durch, die sie mir so aufmerksam zusammengestellt hatte, und fand darunter auch einen Fragebogen der Personalabteilung. Das erinnerte mich daran, dass ich mich dort wohl auch besser mal melden sollte. Ich nahm den Hörer des Telefons ab und wählte die angegebene Nummer.

Nichts.